# El resto de la vida



Novela

**Ángeles Caso**

# El resto de la vida

Planeta

El papel utilizado para la impresión de este libro es cien por cien libre de cloro y está calificado como **papel ecológico**.


Avinguda Diagonal, 662, 6.ª planta. 08034 Barcelona (España)
www.planetadelibros.com

Diseño de la cubierta: Laura Comellas / Departamento de Diseño, División Editorial del Grupo Planeta
Ilustración de la cubierta: Shutterstock
Primera edición en Colección Booket: febrero de 2011

Depósito legal: M. 53.736-2010
ISBN: 978-84-08-09939-0
Impresión y encuadernación: Brosmac, S. L.
Printed in Spain - Impreso en España

## Biografía

Ángeles Caso nació en Gijón en 1959. Es licenciada en Historia del Arte. Ha trabajado en diversas instituciones culturales y medios de comunicación. Es autora de algunas de las novelas más leídas en España. En palabras de Ana María Matute estamos ante «una escritora magnífica. Una gran novelista, con garra, y un sentido importante de lo que es la novela y la narración, narra bien. Escribir no es ponerse a contar cosas. Ella no se pone a contar cosas. Crea un mundo». Entre su obra narrativa destacan: *Elisabeth, emperatriz de Austria-Hungría o el hada maldita*, la historia de una gran mujer que desafió a su tiempo; *El peso de las sombras* (finalista del Premio Planeta 1994), un magistral relato de amores y frustraciones; *El mundo visto desde el cielo*, una parábola sobre el amor y la inspiración, y *El resto de la vida*, novela en la que se retratan las trampas de la identidad y la fuerza del deseo. *Un largo silencio* (Premio Fernando Lara 2000), con numerosas ediciones, se ha convertido en un hito en las novelas para la recuperación de la memoria histórica. Ha escrito también las biografías *Elisabeth de Austria-Hungría. Álbum privado* y *Giuseppe Verdi. La intensa vida de un genio*, así como el ensayo *Las olvidadas. Una historia de mujeres creadoras*. Su obra se completa con cuentos infantiles, guiones de cine y traducciones. Actualmente colabora en los diarios *La Vanguardia* y *Público*. Su última novela, *Contra el viento*, ganó el Premio Planeta en 2009.

*A Conchita y Maite Bandera,*
*por su larga, inquebrantable compañía*

*A Plácido Arango, por su bondad*

Quam satis ad superas postquam Rhodopeius auras
Deflevit vates, ne non temptaret et umbras,
Ad Styga Taenaria est ausus descendere porta.

OVIDIO

Comme les anges à l'œil fauve,
Je reviendrai dans ton alcôve
Et vers toi glisserai sans bruit
Avec les ombres de la nuit.

BAUDELAIRE

# MARZO DE 1997

*8 de marzo*

Aquella noche el cometa brilló hasta el amanecer, hacia el noroeste, con su larga cola de hielos y gases estelares perdiéndose sobre los bosques negros y el gran río. Ellos apenas llegaron a darse cuenta. Tal vez lo vieran desde el coche, en el camino del aeropuerto a la Prinz Eugen-Straße, la estrella maravillosa del mes de marzo dibujándose como la ilustración de un cuento de niños por encima de los tejados de Viena. Pero, a decir verdad, sus ojos no acertaban a mirar nada que estuviese más allá del cuerpo del otro, el cuerpo tan deseado desde hacía semanas —aunque tal vez desde hacía años, y acaso, quién puede saberlo, siglos—, el cuerpo que ella y él habían imaginado tanto y que ahora, en seguida, en cuanto llegasen a casa de Emma, tocarían, lamerían, amarían, el cuerpo del que gozarían al fin arañándolo y mordiéndolo y sorbiéndoselo al otro, dejando que se derritiese el suyo propio, la carne endurecida por el deseo tantas veces aplazado.

La estrella maravillosa del mes de marzo brilló en el cielo como el presagio de toda la fortuna, pero ellos apenas la entrevieron por las ventanillas del coche, mientras sus manos se entregaban ya a su propia fortuna, la de amar al otro, la dicha inolvidable para el resto de los tiempos de amar al otro tan deseado, así sea que acabes en el cielo o en el infierno. Aunque tal vez sólo en la nada.

# JULIO-NOVIEMBRE DE 1982

*14 de julio*

El río bajaba indolente y melodioso aquel día de verano, pero no era difícil imaginarlo terrible una mañana de diciembre, una de esas mañanas del fin del mundo, cuando la lluvia cae haciéndonos creer que toda el agua eternamente posible dentro de las nubes se ha concentrado en unas horas, y el viento azota los árboles desnudos y ruge entre las cortadas del desfiladero, y el rastro de la luz dorada parece haberse borrado de la faz del mundo, dejando sólo una leve huella que apenas alcanza a desvelar las formas de las cosas, fundiendo las unas dentro de las otras, desalojándolas de la materia sólida. Una de esas mañanas en las que se diría que la realidad no existe.

Pero aquél era un hermoso día de sol del mes de julio, y el río bajaba indolente y melodioso y limpio.

A su vera crecían alisos y fresnos, y los castaños se amontonaban ruidosos sobre las laderas, al otro lado del agua, castaños entremezclados con carvallos y algún sicomoro llegado hasta allí por los caminos ignotos de los aires. En lo alto, un caserío de relucientes tejados rojos, y hortensias y calas floreciendo contra los muros blancos. Más allá, recortándose en el cielo de un azul desvaído, asomaban las cumbres altísimas, hermosas torres de minerales primigenios, asombrosos restos del comienzo del mundo.

El coche circulaba tranquilo por la carretera vecina al río. Malo y viejo, parecía uno de esos coches de tercera o cuarta mano que a veces adquieren los estudiantes si han logrado ahorrar algo de dinero dando clases particulares, vendiendo juguetes en Navidad o cuidando niños. Un coche destartalado, que circulaba por la carretera llena de curvas amenazadoras como si no hubiera hecho otra cosa en toda su existencia.

Y ella, la muchacha, lo conducía igual que si ése fuera su único cometido en la vida, apenas presionando el volante en las revueltas, tocando suavemente los pedales mientras movía el cuerpo al sonido de la música de Police, *Every move you make, I'll be watching you...* Tan guapa, con su largo pelo oscuro agitándose en el aire arremolinado entre las ventanillas abiertas, y el vestido lleno de flores, igual que las cortinas de cretona en el salón de una vieja dama inglesa.

Vista así, parecía una chica feliz. Una más de las

muchas chicas felices y despreocupadas del mundo. Pero observándola de cerca, fijándose en el color incierto de sus ojos, en la leve sombra bajo los pómulos, en la tensión reflexiva de su frente todavía tan lisa, mirándola por dentro, muy dentro de los recovecos de su cerebro, se sabía que era uno de esos seres humanos que deben sufrir. Que la vida le sea benigna, eso le deseaban —sin remedio— quienes se acercaban a ella, por más que supiesen que la vida nunca lo es.

El coche giró a la derecha por un camino de tierra, y ella se calló entonces y alargó un poco el cuello, expectante. Unos cuantos tumbos y, al fondo del sendero, apareció la casa, la hermosa casa campesina, bien arreglada, con su viejo corredor de madera y su tejado a dos aguas, abiertos sobre las ventanas sin cortinas los postigos de barniz un poco desconchado ya por las largas estaciones de humedad.

Alrededor, el jardín parecía crecer al margen de cuidados, verde y multicolor la pradera cubierta de flores, profusos los rosales, las hortensias y las peonías, desbordados los ciruelos, los avellanos y hasta la higuera que se alzaba junto a la cuadra.

Entre los árboles destellaban bajo el sol bombillitas de colores, torpes vidrios azules, amarillos y verdes, como los que se colocan en las viejas eras de los pueblos para celebrar las verbenas el día del santo patrón. Ella les echó un vistazo rápido y sonrió, mientras tocaba el claxon con energía.

La puerta de cuarterones se abrió. Una mujer —incierto el color de los ojos, leve la sombra bajo los pómulos, arrugada ya la frente— salió de la penumbra, frotándose vigorosamente con un trapo las manos, anchas y poderosas, manchadas de pintura. Ella la abrazó, ruidosa como una gata.

Y fue en ese momento cuando empezó a sonar en el coche la música, aquella voz de tenor que se lamentó en el aire deslumbrante del jardín, *Tu se' morta, se' morta, mia vita, ed io respiro?*, y una pena repentina y breve flotó alrededor de todas las cosas.

Las hojas de los abedules que se alzaban detrás de la casa, al borde del río, temblaron de repente y brillaron, plateadas, bajo la luz.

*15 de julio*

En el salón había pocos muebles: una gran mesa de nogal que parecía hacer juego con el aparador, un par de sofás junto a la chimenea y, entre dos ventanas, un piano vertical, un viejo Pleyel de aquellos que aún sostenían dos pares de candelabros para iluminar en las veladas de invierno las partituras de Chopin, toqueteadas con desgana por alguna damisela mientras la lluvia azotaba los cristales de su propio salón.

Los cuadros recubrían casi por completo las paredes. Había una tabla medieval con su Virgen y sus dorados, un arcángel de Cuzco en suntuoso traje de corte, firme el arcabuz, una preciosa marina del XIX, y muchas obras contemporáneas, abstractas, minimalistas, neofigurativas, y hasta un muro de aparejo regular —con sus líquenes y su mato de celidonias—, perfectamente hiperrealista.

La madre y la hija estaban sentadas a la mesa. Preparaban canapés, untando mantequilla en los panecillos y colocando luego con cuidado lonchas de jamón y queso, chorizo o espárragos remojados en mayonesa.

De la radio llegaba, ligera, una música de jazz. La voz de la muchacha se alzó —inocente y curiosa— sobre el sonido de un contrabajo:

—¿Va a venir Michael a la fiesta?

La madre no levantó la vista, pero algo —acaso un suave estremecimiento del cabello, el más ligero temblor de los dedos, un disimulo forzado en la voz de pronto grave— pareció indicar que la pregunta la había inquietado.

—Sí, este año sí que viene Michael. Tenía que dar unas conferencias en Alemania, así que aprovecha para acercarse.

Y siguió preparando sus canapés, de nuevo tranquila, como si todo hubiese sido una confusión, un error de los sentidos que vieron lo que no existía, sólo eran una madre y una hija hablando de un amigo que debía venir a una fiesta, la misma fiesta para la cual se habían colgado las luces en el jardín y algunos hombres trajinaban fuera de la casa, colocando mesas y sillas.

La hija volvió a hablar, sonriente:

—Tengo ganas de verlo... Aunque, claro, si viene Erzsébet... ¿Sabes si viene Erzsébet?

—Pues no. Tampoco esta vez la trae.

—A veces creo que no existe.

—¿Erzsébet? ¡No digas tonterías! Es su mujer, ¿cómo no va a existir, Emma? Lo único que ocurre es que vive en Nueva York, y no le gusta viajar a Europa.

Y la madre sacudió la cabeza firmemente, como si quisiera borrar la idea con su gesto.

Emma se levantó, cogió un par de fuentes ya bien repletas de canapés y caminó hacia la cocina.

Caminó rápida, innecesariamente rápida, tal vez nerviosa. Un mechón de pelo le cayó sobre la cara, haciéndole cosquillas en la nariz, y ella resopló con los labios torcidos, tratando en vano de apartarlo.

*16 de julio*
*(por la mañana)*

A través de la ventana abierta se veían las ramas de un ciruelo. Dobladas, parecían a punto de quebrarse bajo el peso de los frutos dorados. Más lejos, detrás de la cortina de árboles del jardín y del bosquecillo vecino, se recortaban contra el cielo pálido las montañas, azuleándose en la lejanía.

Emma leía, echada en su cama.

El mundo era suave.

Y entonces un coche se acercó y se detuvo junto a la casa, manteniendo el motor en marcha. Y fue como si ese sonido insólito hubiese acabado en unos segundos con la placidez del rostro de Emma, que enrojeció, con el abandono de su cuerpo, que se tensó raudo sobre la cama, con el ambiente sereno de la habitación y hasta del aire, pues un viento repentino cerró de golpe la hoja derecha de la ventana, provocando un ruido seco y brusco.

Se levantó para asomarse. Abajo, su madre daba la bienvenida a un hombre. Ella sonrió y echó a correr hacia la puerta. Pero luego, recuperando el control sobre sí misma, volvió atrás, abrió el armario, se miró en el espejo, se pasó la mano rápidamente por los muslos —alisando así la tela de sus tejanos sobre la piel—, apartó el pelo de la cara y volvió a iniciar su carrera. Al pie de las escaleras se detuvo, y caminó despacio hacia el jardín.

El hombre la miró mientras atravesaba la puerta. Dejó en el suelo su maleta y la abrazó. Luego le habló —con su ligero acento extranjero— como si hablase a una niña:

—¡Hola, Emma! ¿Cómo está mi princesa?

—Muy bien... ¿Y tú, Michael?

—Muy bien... Muy contento de estar aquí otra vez... —Y su mirada abarcó el espacio a su alrededor, como si quisiera absorberlo.

Junto a la oscura pared de piedra de la fachada, su cuerpo alto y hermoso parecía desprender su propia luz. Nadie hubiese dudado, al mirarlo, de que aquél era un hombre privilegiado.

Volvió el rostro hacia Emma, y entonces sus ojos mostraron una repentina admiración.

—¡Vaya...! ¡Cómo has crecido!

Ella se rió, aunque se había sonrojado.

—¡No digas tonterías, Michael! A mi edad ya no se crece...

—Ah, ¿no...? Debe de ser que hace mucho que no te veo, y te has hecho mayor.

Ella se llevó las manos a la cara, en un gesto infantil de timidez. Y en ese momento la madre se acercó apresurada, interrumpiendo la conversación.

—Vamos dentro, Michael, te tengo preparado nuestro mejor vino.

—¡Ah, Elisa...! Volver al hogar...

Caminaron hacia el interior de la casa. Michael se giró para dejar pasar a Emma delante de él. Se sonrieron de nuevo. Podría haber sido la sonrisa de un tío y una sobrina reencontrándose al cabo de mucho tiempo, la de un viejo amigo alegrándose de volver a ver a la hija de su amiga y la de una muchacha cuando siente esa rara tranquilidad que genera la súbita presencia de alguien que te ha visto crecer, alguien que conoció tu voz infantil, tus besos de niña, tu cabeza tratando de aspirar todos los misterios del mundo, y que nunca podrá fallarte porque te habló del arte prerrománico y de la pintura abstracta y de Einstein y de santa Teresa, y hasta te arropó en tu cama y consoló tus primeros dolores de amor, y esa fe tuya en su poder y su ternura y su inteligencia son su mejor defensa frente a sus propias debilidades. Así podría haber sido su sonrisa. La sonrisa de los dos. Pero en sus ojos, en los ojos de él y en los de ella, relampagueó durante unos segundos algo distinto, podría besarte, abrazarte, lamerte, acostarme contigo, te deseo y sé que tú me deseas y que los dos podríamos amarnos esta noche en la cumbre de la montaña, sobre la hierba húmeda del rocío, a la luz de la luna que hará parecer aún más hermosos tus senos, que imagino hermosos como palomas, más fuertes tus muslos, que creo fuertes como columnas, dulce el hueco caliente de tu sexo, que sé dulce como la viola de Marin Marais, ardiente el vigor de tu sexo, que intuyo ardiente como una ráfaga de la guitarra de Jimi Hendrix...

Tal vez fuese ese relámpago repentino y oculto de deseo lo que la madre vio cuando se volvió por un instante, y entonces empujó de forma brusca a Michael hacia el interior de la casa.

*(por la noche)*

Las luces del jardín estaban encendidas, brillando entre los árboles y sobre las matas de flores, poniendo sombras coloreadas en las caras de los invitados que comían y bebían y charlaban alrededor de las mesas.

En un rincón, una pareja se besaba, sumidos el uno en el otro, enredados, olvidándose del resto.

Más allá, debajo del castaño más lejano —allí donde no llegaban los rayos tenues de las bombillas—, Michael hablaba, sentado en el suelo, con una mujer joven y hermosa. Ella debió de sentir frío, porque él se quitó su cazadora de ante azul y se la puso por los hombros.

Desde la ventana del salón, Emma contempló la escena. También ella tuvo frío, un frío repentino y húmedo que erizó su piel. Pero nadie acudió a prestarle abrigo. Se alejó de la ventana y subió a su cuarto, en busca de un jersey con el que protegerse.

Cuando volvió abajo, Michael y su amiga habían desaparecido. En la hierba habrían quedado las marcas de sus cuerpos, pensó. La huella de su tiempo juntos y a solas.

*17 de julio*

El valle y las montañas estaban cubiertos de niebla. El sol aún no había salido, aunque la tenue claridad dorada anunciaba ya el amanecer cercano. El mundo permanecía en silencio. El silencio de antes de todo, que sólo rompían, por momentos, los trinos audaces de los pájaros del alba.

A esas horas, entre las montañas, el mundo era un lugar donde el dolor y la ira no existían.

Los pasos de Michael y Emma susurraban como culebras arrastrándose sobre la tierra del sendero, flanqueado de castaños y arces. En la cima de la montaña, semejante a una corona, un risco de roca blanquecina se recortaba contra el cielo donde aún brillaban, aquí y allá, algunas estrellas lejanas y pálidas, restos desvanecidos de andrómedas, serpientes, hércules y dragones, y Vega titilando hacia el oeste, como la lucecilla inocente y lejana de una fiesta.

Caminaban seguros a pesar de la penumbra, expertos paseantes del lugar. Sus voces, leves, quizá algo enronquecidas por las horas de alcohol y tabaco, parecían formar parte del paisaje. Michael trastabillaba ligeramente en algunas palabras y, de vez en cuando, utilizaba ahora expresiones inglesas:

—Así que nada serio.

—No. Nada serio. No te preocupes, Michael, cuando piense casarme, te avisaré para que des tu visto bueno. ¿De acuerdo?

—¿Por qué te empeñas en salir con chicos tan jóvenes? *Those young people...*

—¿Tú también? ¿Qué manía os ha entrado a todos? Mamá no hace más que repetirme lo mismo.

—Es que tú te mereces algo mejor. *Always the best for you, my beautiful princess...*

—¡Vaya, gracias! ¿Y lo mejor significa un hombre mayor...? ¿Uno de esos que te llevan a restaurantes caros, y te tratan como a una reina, y un día te piden en matrimonio...? Pues no. Ya he probado suerte, pero no me gustan. Prefiero a los chicos con moto, de verdad. Son mucho más divertidos.

Al llegar a la cima se sentaron sobre unas rocas. Abajo, entre la neblina del valle, resplandecían muy tenues las bombillas de colores de la fiesta, lejana ya en el tiempo, borrosa en la memoria entre los sopores del whisky.

Se quedaron en silencio, observando el reposo de

las cosas. Sólo al cabo de un rato Michael habló en voz baja:

—En diciembre tengo que venir a Madrid. ¿Quieres que te llame y nos vamos a cenar alguna noche? —Y volvió el rostro hacia ella, que lo miró con sorpresa—. *What's the matter with you...?* ¿El chico de la moto va a tener celos de un viejo amigo de tu madre?

Emma parecía de pronto muy tímida.

—No, no... Es sólo... Es que estaba pensando que nunca nos hemos visto fuera de esta casa.

—Bueno, antes eras una niña. ¿Qué habría dicho la gente si hubiesen visto juntos a un americano tan mayor como yo y a una adolescente española? Igual me hubiesen detenido por pervertirte... Ahora ya puedo salir contigo sin miedo. Aunque me temo que acabes insultándome...

Ella aún guardó silencio durante unos instantes. De pronto lo miró y sonrió, apartándose el pelo de la cara, coqueteando con él.

—¿Me llevarás a un restaurante carísimo?

Él se echó a reír.

—*Wherever you like...* Dame tu teléfono.

Sacó del bolsillo una pequeña agenda y una pluma. Emma acercó su mano a ella, pero no llegó a cogerla, como si no se atreviese.

—Siempre me ha gustado mucho tu pluma.

—Sí... Es preciosa. Era de mi abuelo. Una pieza única. No hay ninguna otra igual en el mundo. Se la hicieron por encargo en París. Mira, aquí están sus iniciales: L. A. Él se la dio a mi padre antes de morir.

Y mi padre a mí. A veces pienso que debería tener hijos para mantener la tradición. Al menos, uno. —Y se rió, burlándose tal vez de su aburguesada idea—. ¿Qué haré si no con esto?

Emma acarició la pluma con la yema de los dedos, silenciosa.

Volviendo pálidas las montañas a su paso, el sol apareció detrás de un picacho oscuro y recio. Parecía muy prometedor. Un sol de julio, prometedor y ya cálido.

Abajo, en el valle, algunos gallos cacarearon con fuerza.

*18 de julio*

La casa descansaba, abiertas las ventanas al jardín donde los grillos alborotaban el aire nocturno del verano. De vez en cuando sonaba a lo lejos el motor de algún coche que pasaba por la carretera, y desde el bosquecillo cercano llegaban a ratos aleteos y ruidosas llamadas de pájaros.

En el piano Pleyel, Michael tocaba y tarareaba bajito, como al azar —con cierto virtuosismo y buena voz—, aquella música triste, *Tu se' morta, se' morta, mia vita, ed io respiro?*, has muerto, vida mía, ¿y yo aún respiro?, cuánta desolación, cuánta soledad, qué triste ese lamento de un ser roto por la ausencia, lamento cruel que asoló las teclas del piano, su mecanismo interno y su propia carcasa, sometiendo el mundo al dolor.

*Addio terror, addio cielo e sole, addio...* El acorde final de re menor resonó definitivo: la pérdida nunca encuentra respuesta. Se acabó. La muerte siempre es la muerte, con cielo, con infierno o con nada.

Michael se quedó inclinado sobre el piano, como si la pena agarrotara su cuerpo. Fue Emma, tendida en el sofá, descalza, quien se atrevió a susurrar:

—Qué hermoso. Y qué triste.

Y él volvió su taburete hacia ella.

—Sí, es muy triste. La muerte siempre es triste para los vivos.

—Sí... El *Orfeo* de Monteverdi es una obra maestra. ¿Sabes que hice un trabajo en la facultad sobre la persistencia del mito de Orfeo y Eurídice en la cultura occidental? Me dieron un sobresaliente...

—«Por estos lugares llenos de espanto, por este inmenso Caos, por este vasto y silencioso reino, yo os suplico: deshaced la prematura trama del destino de Eurídice...» ¿Tú qué habrías hecho?

—¿Qué habría hecho...? ¿Cuándo?

—Tu amante muere. No puedes soportar el dolor. ¿Habrías descendido como Orfeo a buscarlo a los infiernos, habrías sido capaz de tanto valor?

Emma se revolvió incómoda en el sofá.

—No, no... ¡Los infiernos me aterran! No creo que haya ningún hombre en el mundo merecedor de tanto esfuerzo.

Y se sentó, calzándose al tiempo las playeras blancas, como ocultando la desnudez de pronto obscena de sus largos pies.

La levedad de su tono no había logrado contagiar a Michael, que permaneció serio, fruncido el entrecejo en la frente.

—Ya... Eres aún demasiado joven.

—¡Vaya...! ¿Tú sí irías? ¿Serías capaz de bajar al reino de los muertos por rescatar a tu amada, como un héroe?

—Sí, bajaría a buscarla. Lloraría igual que Orfeo, suplicaría que me la devolviesen...

—Bien. Eres muy valiente. Y muy mayor.

Michael se levantó, se acercó lentamente al sofá y se sentó a su lado. La miró provocándola.

—¿Sabes cuál es la tragedia de Orfeo? La verdadera tragedia de Orfeo no es la muerte de Eurídice, sino su propia vida. Recuerda: «Durante siete días permaneció sentado en la orilla, olvidado de sí mismo, privándose de los dones de Ceres; sólo se alimentó de su amor, su sufrimiento y sus lágrimas...» Sí, su gran dolor es no poder quedarse él también en los infiernos. No lo olvides, Emma, ni la vida ni la muerte valen lo que vale el amor.

—Vamos, Michael... —Su expresión era burlona. Sin embargo, se puso en pie y caminó hacia el piano, como si quisiera alejarse de su amigo.

Michael no se movió. Siguió hablando serio, con artificiosa intensidad, igual que un mal actor recitando un papel trágico:

—Yo también hubiese preferido morir, quedarme con mi amada en la muerte.

—¡Por supuesto!

Él se le acercó. Su mirada se mantenía fija en ella, verde y fija y expectante.

—Sí, yo también bajaría a los infiernos en busca de mi amada. Es más, estoy seguro de que si muriera antes que ella, volvería a la vida por encontrarla. Tendría la fuerza suficiente para hacerlo.

Emma no pudo evitar reírse.

—Deberías haber sido poeta en lugar de crítico de arte...

Pero Michael no le prestó atención. Le volvió la espalda y se acercó a la ventana, silencioso, como abrumado por algún dolor incierto.

Ella caminó ligera a su encuentro, una muchacha despreocupada, sonriente y ligera.

—Me voy a la cama. No creo que te vea mañana. Ya sabes que no soy buena madrugadora.

—Bien... Nos veremos en Madrid en diciembre.

—Eso es... Buen viaje, Michael.

Y lo besó rápidamente en la mejilla.

Él la miró irse, extrañamente serio.

Pero la cabeza de Emma, con su sonrisa burlona, apareció de nuevo en la puerta.

—Ya he encontrado la solución para tu pluma. Aunque mueras sin hijos, no debes preocuparte: la pluma bajará a los infiernos a buscarte. O tú volverás por ella a la Tierra...

Agitó la mano despidiéndose y desapareció luego veloz, sin darle tiempo a decir nada.

Michael sonrió, y en medio de la mejilla izquierda se le marcó una arruga oscura y tierna. Luego volvió a acercarse al piano y, en pie, tocó algunas notas de su aria. De repente, sus manos se tensaron sobre las teclas, furiosas, y el cuerpo se curvó. El acorde sonó disonante, molesto, atronando el aire plácido.

La ululación de una lechuza le contestó, inquietante y hermosa, desde el bosquecillo.

*28 de noviembre*

Llovía. Más allá de la ventana y de la lluvia, las luces de la ciudad iban encendiéndose en el crepúsculo helado.

Algo triste y pesado se desparramaba por el aire, por la oscuridad que descendía feroz sobre el mundo aquella tarde de otoño, por la propia mesa de despacho, revuelta de papeles y libros, apoyada en la pared al pie de los cristales húmedos.

La carta brillaba bajo la luz del flexo, y sus palabras se engrandecían e invadían el espacio, reflejándose en las paredes y el techo, instalándose en las sillas, incrustándose en los ojos y la cabeza y las tripas de Emma, que tenía ganas de vomitar, mareada.

*Cariño mío:*

*He pensado que era mejor escribirte que llamarte. No creas que lo hago así por cobardía. Me ha parecido que debías recibir esta noticia en silencio y a solas, y decírtelo a través del teléfono hubiera significado entrometerme en tu intimidad.*

*Michael ha muerto. Sé el dolor que esta frase acaba de causarte. Fue un accidente. Estaba en Inglaterra, en casa de su hermano Henry. Salieron a navegar en su velero. La tempestad fue repentina. Michael cayó entre las olas. Henry no pudo hacer nada por él. No han encontrado su cadáver, pero no hay ninguna esperanza de hallarlo con vida. Ha pasado ya una semana, y de haber sobrevivido, habría sido rescatado por algún barco.*

*Lo siento, Emma. Siento tener que contarte esto, siento causarte tanto dolor...*

*Llora todo lo que necesites, cariño. Y luego, llámame. Te quiere*

MAMÁ

Las manos de Emma, pálidas, vacilantes, rebuscaron muy despacio entre sobres viejos —amarillentos y arrugados por el tiempo—, sacando y volviendo a meter en ellos fotografías, escondidos recuerdos de familia.

Al fin eligieron una, la imagen quieta, coloreada y dichosa de un hombre abrazando a una muchacha, Michael rejuvenecido abrazando a Emma, adolescente y feliz.

Era un día de agosto, quizá de mañana. Debió de

ser la madre quien sacó la cámara de fotos, y Michael quiso que les hiciera una juntos. La cogió desde detrás, por la cintura, y le dijo: «Sonríe.» Ella entonces sonrió, aunque no podía dejar de pensar en el calor de las manos del hombre, que se apretaban sobre su vientre. La madre disparó. Michael la besó en la mejilla, pero el beso no estaba allí, sólo el instante anterior, Michael asomando su hermoso rostro junto al de ella, los dos sonriendo y las manos del hombre apretándose sobre su vientre.

Había sido un momento de esplendor.

Los dedos, pálidos, vacilantes, acariciaron la cara de Michael, muy despacio.

En la ventana repiqueteó una ráfaga de lluvia, el sonido cristalino de la nada sobre la nada.

# DICIEMBRE DE 1996-FEBRERO DE 1997

*23 de diciembre*

Desde el alto ventanal, el paisaje parecía formar parte de un todo blanquecino y húmedo y helado. El río era un espejo roto, grisáceo bajo la luz grisácea, que caminaba desangelado y turbio hacia las amplias llanuras y los pantanos remotos. Más allá, la vieja ciudad de Viena se encogía en el aire desvaído y glacial, al pie de las montañas cubiertas de nieve que parecían entrecruzarse en el bajo camino de las nubes oscuras.

Detrás de la mesa del despacho —ella sentada, él arrodillado a sus pies—, Emma besaba a un hombre. Al cabo de unos segundos, lo alejó de su cuerpo con un movimiento brusco de los brazos, como si buscase aire. Y aquel tipo guapo, con su espléndido pelo oscuro rizado y el magnífico tamaño de su torso y sus piernas, le habló entonces con voz lastimera:

—¿Estás segura de que no quieres pasar la Nochevieja conmigo?

Ella contestó con firmeza:

—Totalmente segura, Werner. Quiero pasarla con mi madre, ya te lo he dicho mil veces. —Y mientras miraba el reloj, le dio un beso rápido, como el beso que se le daría a un niño para consolarlo de la leve pena que acabamos de infligirle—. ¿Te importa dejarme ahora? Tengo que terminar un trabajo antes de irme.

—Te echaré de menos.

Lo acompañó hasta la puerta. Él siguió besándola, resistiéndose a despegarse de ella, que se rió a la vez que lo empujaba.

—Vete, vete... Perderé mi avión.

Aún se volvió desde el pasillo para decirle adiós. Emma hizo un gesto rápido con la mano y regresó a su mesa.

Afuera empezaba a nevar. Los copos flotaban ingrávidos y silenciosos, como blancos seres infernales. Helados.

*1 de enero*

El viento iba y venía por el jardín, arremolinando tierras y agitando las ramas desnudas de los árboles, que ahora, crecidos, parecían soberbios gigantes comparados con los arbolillos frescos de otros tiempos. El salón, sin embargo, conservaba el mismo aspecto usado y confortable, con sus grandes ventanas abiertas hacia los bosques y más allá, hacia las verdigrises, claras montañas de los cielos.

En una esquina, el viejo Pleyel seguía exhibiendo, orgulloso, sus candelabros de bronce, sus buenas maderas y el marfil amarillento y el brillante ébano de su teclado.

De pie, inclinada sobre él, Emma tocaba con su mano derecha, torpemente, algunas notas familiares.

Si bemol, fa bemol, sol... *Tu se' morta, se' morta, mia vita, ed io respiro?...*

Elisa entró silenciosa en la habitación.

Fa sostenido, sol, re, *Addio terra, addio cielo e sole, addio...*

Emma dejó de tocar y se quedó junto al piano, de espaldas. Sólo al oír la voz de su madre se volvió asustada, como una niña a la que hubieran pillado haciendo algo malo.

—¿Qué era esa música?

—¡Nada, una tontería...! Creo que es del *Orfeo* de Monteverdi.

—Sí... Me resulta familiar... ¿Quién...? ¡Ah, ya...! Era Michael el que cantaba esa aria. ¿Cómo decía...? ¿No te acuerdas de habérsela oído cantar?

—No, no recuerdo...

Emma se acercó rápida a la ventana, como si quisiera ocultarle a su madre el rostro, donde los ojos brillaban demasiado, ansiosos y tímidos. Su espalda pareció encorvarse.

Mentía. Recordaba perfectamente a Michael, Michael Alcott aún vivo cantando con su bonita y pequeña voz de tenor *Tu se' morta, se' morta, mia vita, ed io respiro?*, Michael Alcott aún vivo hablando de Orfeo y Eurídice, Michael Alcott aún vivo tratando quizá de seducirla, Michael Alcott aún vivo afirmando que regresaría a la vida en busca de su amada si muriese antes que ella...

Mentía y lo recordaba todo, y si ocultaba la cara era para disimular una cierta emoción, una cierta vergüenza.

Elisa se acercó a ella y la abrazó.

—¡Cuánto siento que tengas que irte ya, cariño!

Emma se volvió al fin.

—También yo, mamá. Pero vendré en seguida, en cuanto pueda.

—Sí, ya lo sé.

Una ráfaga furiosa de viento silbó en el jardín y arrojó contra la ventana un puñado de piedrecillas y arenas. Las ramas de un avellano parecieron llamar, como un espíritu en pena, en los cristales.

*2 de enero*

... AA 345 Viena 15.30 8, y las letras detuvieron su endemoniada carrera en el panel electrónico.

Emma caminó ligera por los pasillos del aeropuerto hasta llegar a la sala de embarque. No había demasiada gente esperando aquel vuelo. Eligió un asiento apartado para sentarse. Encendió un cigarrillo. Desplegó el periódico. Lo ojeó con poca atención, levantando a menudo la vista, mirando aquí y allá, como si le interesase conocer el aspecto de las personas que debían viajar a su lado. A su izquierda, una mujer musulmana —cubierto el pelo con un gran pañuelo— se ocupaba de un niño enérgico y llorón. Más allá, un par de ejecutivos bien trajeados abrían sus carteras, intercambiando papeles. Frente a ella, un hombre se concentraba en la lectura de un libro, inclinado sobre él. Un hombre guapo y solo.

Cuando alzó los ojos de improviso y la miró, Emma tuvo que taparse la boca para evitar gritar.

Frente a ella estaba sentado Michael.

¿O acaso no era Michael aquel hombre? Envejecido, algo peor vestido de lo que él solía, pero... Sí, decididamente, aquel hombre que la contemplaba con interés, medio sonriente su boca grande y apetecible, era Michael Alcott, con sus cincuenta y tantos años y su belleza y sus piernas recias y su nariz larga y su mirada verde y sus arrugas, más profundas ahora, más viejas pero iguales, las mismas arrugas en los mismos sitios, aquélla sobre todo, aquella que tanto le había gustado siempre, desde pequeña, la que se le formaba en medio de la mejilla izquierda cuando sonreía, estirando más la boca hacia ese lado...

Pero Michael estaba muerto. Hacía quince años que estaba muerto. Y aquel hombre no la reconocía, sólo la había mirado con interés, medio sonriente, y luego había vuelto a enfrascarse en su lectura, sin quedarse atónito, sin levantarse corriendo para abrazarla, sin decirle mírame, Emma, soy yo, soy Michael, he vuelto de la muerte por ti. Al fin.

Aquel hombre no podía ser Michael Alcott.

A menos que no hubiera muerto, a menos que no se hubiese ahogado nunca en medio de la tempestad, que hubiera sido rescatado por un barco, agotado de su atroz lucha contra el agua, sin memoria, sin nombre, sólo un cuerpo y un cerebro vacío de recuerdos, y una nueva vida para inventarse, con un nombre nuevo que nadie conocía.

A menos que hubiera vuelto de la muerte por ella... Estaba loca.

Tal vez debería acercarse a él, tratar de saber quién era, cómo se llamaba, dónde había nacido. Saber si era ingeniero o sastre o profesor o violinista o crítico de arte. Saber si su mujer se llamaba Erzsébet, si hablaba español con un ligero acento extranjero, si adoraba trepar montañas como una cabra y cantaba al piano con buena voz de tenor, si era capaz de repetir de memoria los versos de Ovidio sobre Orfeo...

Saber si era Michael Alcott.

Apoyó las manos en el borde de su silla, dispuesta a levantarse. Pero no lo hizo. El periódico cayó al suelo. Ella ni siquiera se dio cuenta. Sólo pensaba, pensaba que no podía levantarse y acercarse a él y decirle hola, cómo se llama usted, no es usted acaso Michael Alcott, no eres tú Michael, aquel con quien he soñado tantas veces, aquel a quien tanto he deseado, añorando el vigor de tu sexo que intuyo ardiente como una ráfaga de la guitarra de Jimi Hendrix... No eres tú, Michael, el que me dijo que volvería por mí de los infiernos, aunque acaso no lo dijera por mí, porque no pronunció mi nombre, no me acarició, no me besó, no me tocó el vientre con sus manos calientes. Solamente me dio una cita, la cita a la que jamás acudió porque ya estaba muerto...

No podía ser Michael Alcott, se estaba volviendo loca, Michael estaba muerto, y nadie vuelve nunca de la muerte.

Sólo era alguien que se le parecía. Que se le parecía mucho. Tanto, que se hubiera dicho que era el mismo. Dos seres iguales en el mundo. ¿Acaso pueden existir?

Se pasó las manos sobre los ojos, como si quisiera conjurar la visión, tal vez cerciorarse de que estaba dormida.

Pero el hombre permaneció allí. Un hombre de carne y hueso, sentado en la sala de espera del aeropuerto de Barajas, a punto de coger un avión hacia Viena el día 2 de enero de 1997. Un hombre de carne y hueso que había muerto hacía quince años.

Sí, sin duda alguna aquel hombre era Michael Alcott.

¿Vivo?

La voz de la azafata anunció por la megafonía el cierre del servicio de venta a bordo. Abajo, sobre la tierra, las luces se veían cada vez más cerca, semejantes a pequeñas luciérnagas que se engrandecieran en el aire oscuro.

Emma se mordía las uñas, volviéndose sin cesar para mirar a Michael —si es que era Michael—, instalado algunas filas más atrás. Él leía, ajeno a la atención compulsiva de la mujer, como si ella no fuera Emma. O como si él no fuera Michael.

Se levantó. Caminó por el pasillo hacia el lavabo. Al pasar a su lado fingió tropezarse —aunque tal vez se tropezara de verdad— y estuvo a punto de caer encima de él, que la ayudó a incorporarse.

—¿Se ha hecho daño? —dijo.

Y lo dijo como siempre, con su voz bien entonada, brillante, y su leve acento extranjero.

A Emma, en cambio, ahogada por la angustia, apenas se la oyó.

—No, no, estoy bien, gracias.

Él la miró y le sonrió con simpatía. Con toda la simpatía con la que un hombre sonríe a una mujer guapa y desconocida que se le cae encima en pleno vuelo.

Emma regresó a su sitio, aunque sus ojos —ajenos a la voluntad— no podían dejar de volverse hacia él, que siguió sonriéndole durante unos momentos, hasta que volvió a enfrascarse en su libro.

El avión empezó a agitarse entre los vientos que soplaban sobre la ciudad.

Gris y helado, el mundo se estaba volviendo un lugar gris y helado.

La lluvia caía feroz contra las cristaleras. En el aeropuerto de Viena, aquella noche de invierno, apenas había gente.

Michael —si es que era Michael— arrastraba su maleta hacia la salida. Emma, detrás de él, empujaba su carrito. De improviso, como sacudida por una súbita decisión, contrayendo todos los músculos de la cara en un gesto inusitado, se paró en seco y gritó:

—¡Michael! ¡Michael Alcott!

Esta vez había logrado que su voz sonase fuerte y clara. Seguro que él la había oído, tenía que haberla oído. Sin embargo, no se inmutó. Siguió caminando hacia la puerta, sin volverse.

También Emma continuó detrás de él, acelerando ahora el paso.

Afuera, bajo la lluvia, Michael cogió un taxi. En unos instantes iba a desaparecer para siempre de su vida. De nuevo. Quizá, durante algunos metros aún, lo vería alejándose, otra vez hacia la ausencia. Hacia la nada.

Se subió a su taxi.

—A la Prinz Eugen-Straße —dijo, y en seguida se arrepintió—. No, mejor vaya primero detrás de aquel coche.

El taxista se volvió a mirarla, divertido.

—¿El Mercedes azul?

—Sí, sí... Sígalo.

El viaje desde el aeropuerto hasta la ciudad, y luego por el Schottenring y la Universität-straße hacia las callejuelas del distrito número ocho fue lento, interminable para Emma, cuyo corazón latía con tanta violencia, golpes rotundos que le sonaban en el pecho y en las sienes y que no lograba contener, por más que seguía pensando que se había vuelto loca, no puede ser Michael, cómo va a ser Michael, Michael está muerto y nadie vuelve de la muerte, sólo es alguien que se le parece, estoy loca, completamente loca...

El taxi del hombre se detuvo ante el número 14 de la Lenaugasse. Emma hizo que el suyo se parase un poco más lejos, en la esquina. Lo vio bajarse y desaparecer tras la puerta, que se cerró ruidosa a su paso.

Esperó unos instantes y luego salió. La calle estaba vacía y silenciosa, oscura. Tan sólo algunas farolas lejanas y tenues hacían brillar a trechos el agua que había inundado las aceras. Se acercó a los timbres del portal. Tuvo que sacar su mechero del bolsillo, temblándole las manos, y alumbrarse con su llama para poder ver los nombres que aparecían escritos debajo de los botones plateados. Pero no había ningún Alcott, ningún Michael, sólo Schubert, Fröhlich, Spaun, Müller...

Cruzó a la acera de enfrente y alzó la vista. Las ventanas del cuarto piso iban iluminándose poco a poco, y una silueta de hombre se recortó unos instantes tras los cristales. Tal vez fuera ésa su casa. Sí, ésa debía de ser su casa. En el cuarto piso.

Volvió veloz al portal, encendió de nuevo su mechero y acercó la llama al botón del cuarto. Pero sólo encontró unas iniciales, S. N.

Un aguacero repentino cayó sobre su pelo y su abrigo. De pronto se dio cuenta de que hacía frío. Estaba oscuro y hacía mucho frío. Empapada, pálida como lo estaría una mujer que acabase de ver a un hombre muerto hace quince años, regresó a su taxi.

*3 de enero*
*(por la tarde)*

Emma caminaba despacio hacia la estación de metro vecina al edificio de la ONU, pisando con cuidado las aceras cubiertas de nieve sucia. Su cuerpo, envuelto en un anorak de color marfil, parecía encogido y menguado, como si el frío la hubiese despojado de su esbeltez y de su fuerza. Acaso el miedo.

Al oír la voz de Werner se detuvo y se volvió hacia él, que corría a su encuentro.

—¡Emma...!

El hombre la abrazó largamente. Ella se dejó estrechar, ajena a su entusiasmo.

—Te ibas sin saludarme —reclamó él con su tono lastimero.

—Me dijeron que estabas trabajando fuera.

—No importa. —Y volvió a abrazarla—. ¿Cómo estás?

—Muy bien. ¿Y tú?

—Bien... Triste... Ahora contento... Echándote de menos... ¿Por qué no me llamaste?

—No sé... Perdóname, Werner. Estuve muy liada.

—Bueno, es igual: ahora ya estás aquí. Tengo que volver un rato al despacho, pero nos veremos luego.

—No. No puedo —Y Emma se alejó de él, siguiendo su camino.

Werner la siguió, como una sombra sigue al cuerpo que le corresponde.

—¡Emma! No me hagas esto... Llevo diez días esperándote.

—Lo siento, Werner... Es que estoy muy cansada. Quiero acostarme pronto.

—Está bien, yo iré a tu casa, te prepararé la cena y te meteré en tu cama como a una niña pequeña. Te juro que no te tocaré...

Emma se esforzó en que su voz sonara amable:

—No, Werner, de verdad... Gracias, pero no. Hoy no puedo.

—De acuerdo... No te preocupes. Descansa. ¿Mañana, entonces?

Ella hizo un gesto indeciso con la cabeza.

Werner se quedó mirándola, sombrío, mientras se alejaba hacia el metro. Luego, resbalando sobre la acera, regresó a su trabajo.

*(por la noche)*

Emma bebió un buen trago de whisky y sonrió. Al otro lado de la mesa, aún llena de platos vacíos, el rostro de su amiga —con su magnífica piel negra y sus ojos grandes y quietos como ojos de muñeca— parecía reflejar, igual que un espejo, la luz de la lámpara.

—Así que te vas a vivir con él —dijo, y los ojos le brillaron.

—Sí, intentémoslo una vez más...

—¡Bien! Me alegro mucho, Christine. —Alzó su vaso—. Por ti.

—Y por Ernst. Por el mejor par de muslos que he tenido nunca... Una buena razón para que esta vez me salga bien. —Y Christine bebió de su vaso, manteniendo la mirada fija en Emma—. ¿Y tú? ¿Qué ha pasado con Werner?

—Nada.

—¿Nada...? De acuerdo. No quieres hablar.

—Sí, sí. Es sólo que no ha pasado nada.

—Ya. Pero acabas de llegar de España y estás cenando conmigo y no con él.

—Sí. No sé por qué, pero no tenía ganas de verle hoy.

Christine llenó de nuevo su vaso.

—Nunca he entendido qué te pasa con los hombres.

—Me canso de ellos, eso es lo que me pasa... Todo empieza muy bien. Al principio siempre creo que he encontrado al hombre de mi vida. Pero luego, en cuanto pasan unas semanas... No sé cómo explicarlo. No es que les vea defectos que no les veía antes. No, no es eso. Tampoco es que deje de quererlos. A algunos los he seguido queriendo muchísimo, incluso después de romper. —Exageró los gestos, como burlándose de sí misma—. A mi marido, por ejemplo. Lloré durante semanas después de separarme de él. ¿Te acuerdas? Miraba su lado de la cama y la silla donde se sentaba a cenar, y me ponía a sollozar como una cría. Gasté toneladas de pañuelos aquella temporada.

—Sí, me acuerdo muy bien... Tú gastaste toneladas de pañuelos, y yo miles de chelines en llamadas de teléfono.

—Sí, ¡qué malas noches te di...! Fue una época horrible. Y sin embargo, sabía que lo que estaba haciendo estaba bien, que ya no podía seguir viviendo con él.

—Eso lo sabíamos todos antes de que te casaras. Nunca entendí por qué lo hiciste.

—Ni yo... No sé, pensé que tal vez casándome las cosas cambiarían. Pensé que así evitaría que se diluyeran los contornos de la relación. Sí, eso es lo que me ocurre siempre: hay algo que se diluye. Al principio, cuando conozco a alguien, esa persona parece encajar perfectamente en un molde. Pero luego es como si empezara a salirse, y ya nada va bien. Como una fotografía movida, ¿entiendes?

Christine rompió a reír.

—Has leído demasiado a Platón.

—Sí, supongo que sí. Tú eres mucho más pragmática. Eso da mejores resultados.

—¿Por qué no pruebas a enamorarte por una vez de un hombre mayor que tú? No digo dos o tres años, digo mucho mayor. A lo mejor, ése no se te mueve...

Algo gris y helado relampagueó en la mirada de Emma. Se puso en pie. Se acercó a la biblioteca. Pasó las manos por encima de los lomos de los libros, como acariciándolos.

—Una vez estuve enamorada de un hombre mucho mayor que yo.

—¿Ah, sí? Nunca me lo habías contado.

—Es que no lo supe hasta ayer.

—¡Vaya! Ahora empiezo a entender lo de Werner. ¿Puedo saber quién es?

—Un amigo de mi madre.

—Excitante. ¿Y dónde está?

—Está muerto.

Christine pareció no entender.

—¿Muerto? ¿Qué me estás contando?

Emma se alejó de la estantería. Habló con rabia, sintiendo rabia contra sí misma, contra su absurdo deseo, su ridícula pretensión de recuperar a Michael de la muerte.

—Está muerto, Christine, muerto... Murió hace quince años... Pero ayer lo vi en el aeropuerto. —Y de pronto se echó a reír—. No me hagas caso. Todo esto es una tontería. La culpa la tiene la Navidad. Siempre acabo sintiéndome rara en estos días...

Y cerrando los ojos, como si quisiera olvidarse de sus propias palabras, echó un trago largo de su whisky bien repleto de hielo. Las piedras tintinearon contra el cristal, y entonces se acordó de las campanillas tibetanas que Michael le regaló una vez, cuando era niña, y que ella había colgado en la puerta de su cuarto para recordarlo siempre.

*7 de enero*

Entre la niebla, los altos árboles del parque de Lainz parecían figuras de alguna cabalgata misteriosa y evanescente, leves formas sin raíces del reino veloz de las apariencias. Al fondo, cuando el viento agitaba las nubes, asomaban los tejados y la fachada trasera de la Hermesvilla, como un palacio de fantasmas que sólo existiera a ratos, juguete de la materia y la antimateria, del tiempo y el destiempo, del ser y el no ser.

Era un día raro para pasear en bicicleta. Tal vez Emma necesitase librarse de su inquietud. Tal vez fuese su costumbre, simplemente, pasear de vez en cuando en bicicleta por los jardines de la Hermesvilla y el parque de Lainz. Y así pedaleaba veloz por los senderos, ajena a la disolución del universo que a ella misma la convertía en una mancha húmeda y luminosa.

A lo lejos —aunque quizá fuese cerca, porque la niebla erradica del mundo el espacio y el tiempo—, un hombre caminaba hacia ella. No un hombre cualquiera, sino Michael Alcott, que caminaba hacia ella apareciendo y desapareciendo entre las brumas. Como un espíritu. Como un hombre que hubiese muerto hace quince años y cuyo espíritu volviese a la vida para visitar a su amada.

Emma ralentizó el ritmo de su bicicleta. El corazón había vuelto a latirle en las sienes. Apenas podía respirar. Michael Alcott estaba cada vez más cerca. Al fin —roja del frío y del miedo y de la emoción— alcanzó a verle la cara, una cara anodina, la cara de un hombre al que no había conocido jamás y a quien no conocería nunca. Un hombre cualquiera que se paseaba por el parque de Lainz una tarde de invierno, entre las nieblas, igual que aquella mujer que aceleró de nuevo el ritmo de su bicicleta, luego de haberse parado unos instantes, y a la que él se volvió a mirar con cierta curiosidad. Tal vez pensase que, definitivamente, no era el único loco de Viena.

*10 de enero*

Cuando la nieve se hubiera derretido, Emma vería desde las ventanas de su salón el hermoso verde viejo de los tejados del Belvedere reflejándose en el agua que por momentos agitarían las gaviotas —huidas del mar a través de anchos ríos—, como si jugueteasen con el bronce del palacio de Eugenio de Saboya. Y luego, cuando llegasen la primavera y los primeros calores, los tulipanes rojos y amarillos y rosas se abrirían, espléndidos, sobre el césped ahora blanco y suave, y las avenidas de tilos resurgirían de la nada y enlazarían de nuevo sus ramas para permitir el paseo ligero de cada mañana, escurriéndose la luz entre sus hojas.

Pero en aquel atardecer de nieve, la habitación con su gran cristalera parecía volar sobre los jardines traseros del palacio. El estanque era un espejo de hielo blanco, apenas visible ya en el crepúsculo.

Bajo la ventana, la mesa estaba llena de papeles, de carpetas y libros. El cenicero había servido durante largo rato para su fin, y las cenizas casi tapaban por completo los dibujos amarillos y azules del fondo.

El teléfono sonó. Emma abandonó por un instante su trabajo y levantó la cabeza. Su voz en el contestador pareció lejana y melancólica:

—Ahora no puedo atenderte. Deja tu mensaje, por favor.

Werner habló claro y alto, suplicante, casi chillando:

—¿Emma...? ¿No estás...? ¿No estás de verdad o es que no quieres coger el teléfono...? Estoy preocupado por ti. La secretaria me dice que tienes un resfriado y que estás trabajando en casa, pero esta tarde estuve ahí y no me abrió nadie. ¿Te ocurre algo, Emma...? Llámame, por favor, aunque sólo sea para decirme que estás bien. Te echo de menos.

Durante unos instantes, mientras se oía el pitido que marcaba el final del mensaje, Emma se mordió las uñas. Luego la habitación volvió a estar en silencio, hundida en el silencio irreal que la nieve pone sobre el mundo. Ni un coche, ni una bocina, ni un leve aleteo de moscas... Alzó la mirada hacia los tejados del Belvedere y más allá, hacia el cielo que parecía a punto de ahogarse sobre la tierra en aquel crepúsculo plomizo.

De improviso, como si un soplo de aire hubiese entrado a través de las rendijas de las ventanas, su cuerpo se estremeció. Su atención volvió a la mesa, y se puso a rebuscar entre los papeles. Allí estaba, debajo de una carpeta verde, en medio de un montón de folios pintarrajeados. La fotografía. La vieja fotografía en la que ella, adolescente, y Michael Alcott, que la abrazaba, sonreían a la cámara.

Había sido un momento de esplendor.

Durante años había estado guardada, perdida en un sobre, amontonada en una caja con cientos de fotografías, un momento de esplendor cada una de ellas, también la vida es así, brillante a veces, tierna, suave y silenciosa como la nieve o ruidosa y enérgica como una repentina tormenta de verano...

Durante años había estado escondida, y sólo ahora que había vuelto a ver a Michael —si es que aquel hombre era Michael— la había rescatado del fondo de un sobre amarillento y sobado y la mantenía en su mesa de trabajo, medio oculta entre sus papeles pero a mano para contemplarla como la estaba contemplando en aquel instante, despacio, con un destello extraño —gris y helado— brillándole en los ojos.

Los dedos pálidos acariciaron el rostro de Michael.

Se levantó. Corrió a su habitación, buscó en el armario sus buenas botas de invierno vienés, volvió a la sala, cogió de la percha su anorak, su gorro y la bufanda, atrapó al vuelo las llaves en la mesita que estaba junto a la puerta y salió a toda prisa de la casa.

En la calle, al fin, como si se hubiera roto un encantamiento, sonó insistente la bocina de un coche.

La noche había caído del todo. Nevaba con más fuerza que antes, y los copos brillaban ahora como cristales de un juego infantil bajo las luces sin embargo tenues de la Lenaugasse.

Pero a Emma no parecía importarle. Muy quieta, firme y quieta bajo la nieve, contemplaba desde la acera de enfrente del número 14 las ventanas iluminadas del cuarto piso. La silueta de un hombre —acaso Michael— aparecía a ratos detrás de los cristales.

Las luces se fueron apagando poco a poco. Emma se escondió unos metros más allá, en la penumbra.

Michael —si es que era Michael— salió del portal y echó a andar en dirección a la Josefstädten Straße. Emma lo siguió, a cierta distancia y en silencio, tratando de desvanecerse en la oscuridad, arrimada a las paredes como una criminal detrás de su víctima. O como una mujer enamorada detrás del hombre que la ha abandonado, y al que sólo aspira a ver unos segundos, por la espalda, intentando tal vez recordar en ese extraño acercamiento el tacto tan suave de su piel, el tamaño de sus caderas que se agitaban violentas bajo ella o el sabor duro y dulce de su vientre, intentando acaso percibir el ruido de su respiración, que tanto la excitaba, olfatear igual que una perra el olor intransferible y magnífico de su cuerpo.

*18 de enero*
*(por la tarde)*

El café Central estaba lleno a aquellas horas medianas de la tarde. Los solitarios leían los periódicos, las tertulias se animaban con el ir y venir incesante de gentes y un par de parejas, acaso turistas, se cogían de las manos y se miraban a los ojos, apenas respirando.

A través de la ventana Emma vio una nube ligera de humo, volutas amarillentas flotando junto a los mármoles de colores, yendo y viniendo entre las columnas, posándose en las cabezas de algunos parroquianos que tal vez le fuesen favoritos.

A través de la ventana —después de haberlo seguido desde su casa, en un paseo largo que los había llevado lentamente por las viejas calles del centro—,

Emma vio cómo Michael iba a sentarse a una mesa junto al pianista, que toqueteaba con su desgana habitual alguna pieza fácil de jazz. Lo vio levantar de pronto la mirada hacia ella, y descubrirla y sonreírle, moviendo la cabeza, y entonces levantarse y caminar de nuevo, rápido, en dirección a la puerta.

Ella trató de alejarse a toda prisa por la Herrengasse arriba, hacia el Freyung. Pero Michael no le dio tiempo. Aceleró el paso hasta alcanzarla y, sin dudarlo, la cogió del brazo.

—La invito a tomar un café —dijo—. Hace mucho frío.

Extrañamente, como una niña, Emma se dejó arrastrar al interior del Central.

Un par de ancianas —con sus sombreros de fieltro bien encasquetados en las cabezas de las que ya parecían formar parte— habían ocupado la mesa en la que Michael iba a instalarse. Junto a la ventana, un pequeño velador estaba libre. Sin soltarla, como si temiera que se le escapase, él caminó hacia allí y la obligó a sentarse.

Los ojos de Emma se abrían y se cerraban en un espasmo nervioso que impedía ver con detenimiento sus pupilas, brillantes y dilatadas. En la frente, la vieja mancha infantil que siempre renacía en los momentos de angustia había enrojecido, y la boca, contraída, parecía una línea sinuosa y móvil, pálida.

Michael dominaba sin embargo sus gestos, mesurados, lentos, y la sonrisa —más acentuada hacia el lado izquierdo— se expandía también por su mirada, otorgándole un aire amable y seductor. Era el viejo Michael amigo, el que conocía todos los cantos de los pájaros y los nombres de las piedras y la agitación de la mente de una muchacha.

Le tendió la mano.

—Stavros Noussanis.

Un nombre desconocido, acaso griego, Stavros Noussanis, un nombre de sonoridad suave que Emma recibió sin embargo como un golpe, cerrando los ojos fuertemente, aturdida.

Habló como si estuviese en el fondo de un pozo y luchase por salir a la luz:

—Emma Martín.

—¿Puedo saber por qué me está siguiendo desde hace varios días?

—Yo no... Yo no le estoy siguiendo.

—¿Por qué me llamó Michael Alcott en el aeropuerto?

Emma se apartó el pelo de la cara. Un temblor ligero y continuo agitaba sus manos, que llevó hasta el borde de la mesa, tratando de sujetarlas allí, firmes. Su boca estaba seca.

—¿Cómo sabe que le llamé Michael Alcott si ni siquiera volvió usted la cabeza?

Y él mantuvo la sonrisa y la calma, y la seductora amabilidad, como habría hecho un hombre que tratase de conquistarla.

—¿Le digo la verdad? Porque me fijo en todo lo que hace. Y tengo muchas oportunidades: desde que la vi por primera vez en el aeropuerto de Madrid, no hago más que tropezarme con usted. Como por casualidad. Pero no creo que sea casualidad.

La camarera se acercó exhibiendo en su sonrisa atenta unos enormes dientes de conejo. Durante esos instantes, mientras Stavros le preguntaba si quería un *cappuccino*, y ella asentía y él devolvía la sonrisa y pedía dos cafés, Emma trató de fijar la atención en el espacio que había a su alrededor, en los mármoles amarillos y las columnas y el gran piano de cola y los dos hombres que discutían en un rincón, con un perro echado a sus pies, ajeno al bullicio. Trató de verificar el tacto suave del asiento, el ruido de las conversaciones, el humo del autobús que pasaba por la calle. Trató de comprobar que la realidad existía, tangible y sonora a su alrededor, y que no estaba viviendo en el espacio confuso de un sueño. Pero sólo vio formas indefinidas, como un decorado lejano y silencioso, y en primer plano, muy cerca de sus ojos, al alcance de sus manos sólo con estirar un poco el brazo, el rostro deseado, el rostro tantas veces visto en sus sueños de un hombre igual a Michael que decía que no era Michael.

Su sonrisa se hizo aún más grande. La arruga en la mejilla izquierda se marcó, atrayendo la lengua que ansiaba hundirse en ella, despacio y gozosamente, desde hacía tanto tiempo.

—Ahora en serio. ¿Nuestros encuentros son sólo casualidad...? ¿Qué le ocurre? O... ¿qué me ocurre a mí?

La realidad... Los muertos están muertos, definitivamente fuera de la vida, y un hombre que se parece a otro hombre no tiene por qué ser el mismo... Emma se agarró a ese pensamiento que por un instante brilló lúcido en su cabeza. Se agarró a él para retenerlo, para evitar que desapareciese veloz en medio de la confusión de ideas absurdas que sacudía su mente. No, aquel hombre no era Michael, sino Stavros no sé qué... Un hombre guapo. Un hombre que podía llegar a gustarle, aunque tal vez ya le gustara.

Y entonces también ella le sonrió a él, algo temblorosa aún la barbilla y quizá demasiado brillantes los ojos, pero al fin su voz pareció su voz, la voz de una mujer de treinta y tantos, fuerte y segura, que acabase de conocer a un hombre que tal vez le gustara.

—Discúlpeme si le he molestado. Es que... Es que se parece usted mucho a una persona a la que conocí hace años.

—Bueno, a veces ocurren esas cosas... ¿Es ese tal Michael Alcott?

—Sí.

—Ya... No sé... Ese nombre no me dice nada. ¿De dónde es?

—Americano. De Nueva York.

Stavros rió ahora abiertamente.

—Bueno, ya lo ve: yo no soy americano... Sólo soy griego. ¡Mala suerte! Hace veinte años que vivo en Viena. Y en Nueva York sólo he estado una vez. De visita. No sé... Tal vez alguien de mi familia haya emigrado hace mucho tiempo a los Estados Unidos, quién sabe, y ese tal Michael sea un primo lejano. O quizá sólo sea casualidad. Es lo más probable, ¿no cree? —La camarera volvió enarbolando bien alta su bandeja, llena de tazas y vasos. En un instante, los cafés reposaron humeantes sobre la mesa, y la nota quedó medio escondida debajo del cenicero—. ¿Y por qué no me lo preguntó sin más? Tengo la impresión de que ha estado usted sufriendo con esa duda.

—Michael murió hace años. Se ahogó. Durante una tempestad.

—¿Se ahogó...? ¿En un velero...?

—¿Cómo lo sabe?

—No, no lo sé. Pero pensé que tal vez...

—Estaba navegando. Se cayó al agua.

Stavros guardó silencio durante unos momentos, mientras sus ojos parecían encogerse, como ante el resplandor inesperado y doloroso de un foco.

El miedo, igual que el humo, invadió el espacio que había a su alrededor, flotando sobre sus cabezas. El miedo, una voluta gris y helada.

—Ya, comprendo... No sé si debo alegrarme o entristecerme. Al menos, esto me ha permitido conocerla a usted.

Emma volvió a sonreír. Stavros bebió un sorbo de su café, sin dejar de mirarla. Luego dio un manotazo al aire, como si tratase de alejar la nube gris. Su tono se hizo más ligero:

—¿Te gusta la *moussaka* griega?

Ella se echó a reír. Aquel hombre estaba invitándola a cenar. Sí, definitivamente, no era Michael. No podía ser Michael, que estaba muerto bajo las aguas de algún océano, muerto, definitivamente ausente de la vida. Era otro hombre, un hombre vivo que le gustaba, y estaba invitándola a cenar.

El pianista atacó, con melancolía inaudita, la vieja canción de las despedidas, *Every time we say goodbye I die a little...*

*(por la noche)*

Junto al portal de Emma, una farola se agitaba en el viento helado que tal vez hubiese llegado desde Siberia, a través de todas las estepas orientales, hasta aquella ciudad fronteriza, ciudad de la noble apariencia que esconde en su seno inimaginables y devastadoras corrientes subterráneas, ciudad de fantasmas que deambulan entre los ornamentos de los palacios barrocos y la desornamentación de la más pura modernidad, ciudad de sabios suicidados bajo las escarchas paralizadoras, ciudad de revoluciones estéticas y definitivas que lucharon, desde las alcantarillas, contra la grandilocuencia omnipresente del pasado. Contra el esplendor podrido del pasado que siempre vuelve a ser presente.

Stavros y Emma, encogidos de frío, caminaron hasta el portal de la Prinz Eugen-Straße, guardando uno de esos silencios cómplices que suplen el exceso de palabras, la verborrea desbordada e inagotable de palabras cuyo sentido ya se ha perdido.

Junto a la puerta, al fin, Stavros habló con timidez:

—Me gustaría volver a verte.

—A mí también.

—¿Puedo llamarte?

—Claro, cuando quieras. Apunta mi teléfono.

—Sí, espera.

Quitándose primero los gruesos guantes, Stavros sacó de su bolsillo una agenda y una pluma. Sobre el capuchón, a la luz de la farola, algo brilló: L. A., las dos iniciales plateadas del abuelo de Michael, las mismas iniciales sobre la misma pluma, aquella pluma que había sido hecha para él de encargo, no existe ninguna otra igual en el mundo, había dicho Michael, y ahora esa pluma estaba en manos de aquel hombre igual a Michael pero que afirmaba no serlo...

Emma, que se la había arrebatado con un gesto violento, la sostuvo apenas con la punta de sus dedos, como si sujetase un objeto ardiente e infernal, que él recuperó veloz, intuyendo el espanto.

—¿De dónde has sacado esta pluma?

Su voz había sonado chillona, aterrorizada.

—Se la compré a un anticuario en Budapest... —E intentó acercarse a Emma, tal vez por calmarla, pero ella lo rechazó—. ¿Qué te ocurre?

—Esta pluma era de Michael Alcott.

—Yo... Lo siento... No sé...

Emma entró en el portal rápidamente, sin despedirse ni mirarlo. El mundo se había vuelto gris. Gris y helado.

La puerta se cerró rotunda detrás de ella. A lo lejos, la sirena de un coche de policía pareció dibujar en el silencio de la noche una línea aguda y estridente.

*19 de enero*
*(por la mañana)*

El piso de Stavros era grande, un piso de grandes espacios comunicados entre sí, adornados con muy pocos muebles y algunos objetos de arte africano, extraños y bellos.

Sobre una mesa, apoyado contra la pared, descansaba un cuadro pequeño, la imagen de un velero diminuto —amarillo y verde el casco, blanco sucio la vela, caída y hecha jirones— que parecía hundirse en medio de una tempestad, enormes olas rugiendo, devorando un barquito de papel.

Stavros lo contempló fijamente durante un largo rato.

Luego descolgó el teléfono, pidió en información el número del servicio de traductores de la ONU y marcó haciendo un esfuerzo, con tal concentración que parecía como si nunca antes en su vida hubiera realizado esa actividad.

—Quiero hablar con Emma Martín, por favor... De parte de Stavros Noussanis...

Ella tardó un buen rato en contestar. Al fin Stavros alzó la cabeza, alertado por el sonido de su voz.

—Emma... Espero no molestarte... Me gustaría que nos viésemos... Por favor, quiero hablar contigo... Sí, a las tres, perfecto... En la terraza del Belvedere, de acuerdo... Hasta luego.

*(por la tarde)*

Los cuervos graznaban como demonios. Un aleteo negro y ruidoso agitaba el aire, esparciendo gotas de nieve blanca sobre el blanco suelo.

En medio de la terraza del palacio, Stavros esperaba paciente, quieto, bien hundidas las manos en los bolsillos. En cuanto Emma atravesó la verja, se le acercó, tratando de sonreír. Apenas hubo tiempo para estrecharse las manos. Ella —seria y seca— en seguida echó a caminar por los jardines, hacia el Belvedere de abajo, rápida, luchando contra el frío. Acaso también contra el miedo.

A pesar de todo, Stavros intentó ser amable.

—Me alegro mucho de verte. Pensaba que tal vez no vendrías.

—Sí.

—Siento muchísimo lo de anoche. Yo... no sé qué decirte. Te aseguro que esa pluma la compré en Budapest.

Emma se detuvo y lo contempló desafiante. La mirada de Stavros era firme, como un hilo que se tendiese, tirante y sólido, hasta su propia mirada.

—¿Puedo verla otra vez, por favor? —dijo, autoritaria.

—La tiré... Anoche, cuando te fuiste... La encontraba horrible. La tiré en una papelera. Pero si quieres, podemos ir a buscarla... Tal vez esté todavía allí.

De pronto parecía un niño pequeño dispuesto a reparar una tropelía. Tan torpe y tan inocente que daban ganas de abrazarlo. Emma sonrió, desarmada, decidida una vez más a creerlo.

—No, déjalo...

—A veces la vida está llena de estúpidas casualidades. ¿No te parece?

—Sí...

Sí, eso era, estúpidas casualidades, un hombre igual a otro hombre muerto, dos plumas semejantes, acaso la pluma con sus letras plateadas en el capuchón no era más que un artefacto una y mil veces repetido, acaso Michael se había inventado aquella historia del abuelo que sólo era otra de las muchas historias que Michael le contaba, otro de sus cuentos infantiles, como aquella vez en que imaginó para ella una lámpara de Aladino enterrada debajo de un carvallo solitario, en el monte, y ella soñó durante semanas con escaparse y correr hasta allí y escarbar y encontrar el tesoro que le enseñaría a Michael la próxima vez que volviese, acaso todo fuesen casualidades, todo puede ser, todo menos la existencia de fantasmas sobre la tierra.

Los dos se miraron, fingiendo sus ojos cuánto creían en la estúpida casualidad.

*(por la noche)*

La tarde había sido larga. A pesar del frío húmedo, que se metía en los huesos, reblandeciéndolos, Emma y Stavros pasearon durante mucho tiempo, sintiendo el calor que despedía el cuerpo del otro bajo la ropa abrigada y ansiando empaparse de ese calor, contándose cosas que luego guardarían en la memoria para componer con ellas una imagen de la cual enamorarse por la noche, en la cama, al recordar el gesto liviano de una mano mientras ella o él evocaba el lugar donde nació y descubrió el mundo y el esplendor y la muerte, la esquina húmeda de los labios, la desnudez del cuello asomando entre la lana de la bufanda, el perfume insistente y acuoso que emanaba de su ser.

Al empezar a nevar, en la oscuridad que iba creciendo igual que crece el día, Stavros le propuso a Emma ir a su casa. Ella aceptó. Y allí, asombrada, admiró sus esculturas, aquellas figuras salvajes y hermosas, hechas con materiales naturales, maderas sin desbastar con sus bellas cortezas de complicados colores y piedras del fondo de las aguas o de las cimas más altas. Materiales intactos de la mano del hombre que a menudo acarreaba él mismo en su furgoneta desde las montañas y las orillas de los ríos, incluso desde su isla luminosa y reseca.

La voz de Emma se había vuelto leve, leve y alegre, como la voz de una niña que vagabundease por un bosque de gnomos:

—A mi madre le gustarían mucho tus esculturas... Esta fuerza que tienen, como si hubieran salido de la tierra...

—Es que salen de la tierra. Mi tierra es pobre. Sólo da lo imprescindible. Allí no sobra nada, y eso la hace muy valiosa. Es el paisaje más sobrio del mundo: el cielo y el mar, los olivos y la tierra roja. Yo siento que llevo todo eso dentro de mí. Los colores. El tacto de la tierra. Y el olor del aire.

Ella hizo un esfuerzo para recordar:

—«Es áspera e impropia para la equitación, pero no totalmente estéril, aunque pequeña, pues produce trigo en abundancia y también vino; nunca le falta ni la lluvia ni el fecundo rocío...» ¿No hablaba así Homero? —Y al ver la cara de sorpresa de Stavros, se echó a reír—. Alguna vez me supe casi de memoria la *Odisea*. Me doctoré en Clásicas, ¿recuerdas?

Entonces se volvió hacia una de las esculturas: dos figuras, una detrás de otra. Una mujer y un hombre. La mujer, a pesar de la densidad de la madera y de su oscuro color de siglos, parecía desvanecerse en el aire, desvanecerse entre los brazos del hombre, que había vuelto hacia ella la cabeza y trataba inútilmente de cogerla.

Emma se acercó, las observó atenta. Sus manos acariciaron la mano vacía del hombre, el rostro descompuesto de la mujer. Era tan hermoso, hermoso y triste como aquella música, *Tu se' morta, se' morta, mia vita, ed io respiro?*, sí, así era, hermoso y triste como dos seres tratando en vano de burlar a la muerte.

—¿Qué es? —preguntó.

—Es mi escultura favorita. Nunca he querido venderla. Representa un mito que siempre me ha interesado mucho: Orfeo y Eurídice.

—Orfeo y Eurídice... —musitó Emma. Sus manos se habían crispado—. Orfeo y Eurídice...

De pronto se volvió hacia Stavros y lo miró de frente, fruncido el entrecejo, tensos los pómulos, airada la mirada. Su voz sonó extraña, como si saliera de un sueño de años y, adormilada, tratase de reencontrarse a sí misma en un mundo aún desconocido:

—¿Qué harías tú en su lugar...?

—¿En el lugar de quién...?

Y ella gritó:

—¿Qué harías? ¿Volverías a la vida sin ella o hubieses preferido quedarte allí a su lado...? ¿No quieres contestar...? ¿Qué harías...?

Stavros se le acercó e intentó sujetarla.

—Emma...

Ella rompió a llorar y salió corriendo del piso.

Stavros permaneció inmóvil. Los pies de Emma

volaban por las escaleras, sonoros y veloces, como los pies de una mujer que se va para siempre.

El golpe de la puerta resonó en todo el edificio, semejante a un adiós definitivo y cruel. En el patio, una gata en celo maulló igual que grita un niño herido.

*22 de enero*

Emma caminaba de prisa por los pasillos de la ONU, rígido el cuerpo, como una sonámbula silenciosa. Pendiente sólo de su propia angustia.

En un recodo estuvo a punto de tropezarse con Werner, que pareció intimidado por su presencia.

—Hola, Emma.

—Hola.

—¿Estás bien...?

—Sí, sí... ¿Y tú?

—Tienes mala cara.

—Es que... he dormido mal.

—Cuídate...

Y ella siguió su camino, impertérrita y helada.

Werner la miró durante unos instantes, preocupado el gesto, y entró luego en el despacho más cercano. Todavía antes de cerrar la puerta se volvió buscándola, pero ella ya había desaparecido en algún lugar. Sólo quedó el rastro de su perfume, que él husmeó con deseo.

*25 de enero*

*Querida Emma:*

*Empiezo esta carta sin saber muy bien qué decirte. Porque ¿qué puedo decirte? No sé qué es lo que está ocurriendo, y lo siento. Lo siento muchísimo.*

*Necesito que me creas, Emma, te ruego que me creas: no soy un impostor, no soy un enfermo, no soy ni siquiera un fantasma... Sólo soy alguien real, un hombre que envejece y a quien el destino ha regalado el encuentro con un ser precioso, al que hiere sin pretenderlo.*

*He pensado mucho en todo esto. He pensado mil veces qué puedo hacer para que confíes en mí. Tal vez podríamos ir juntos a Grecia. Tal vez, si vamos a casa de mi madre, si la conoces a ella y el lugar en el que crecí y la escuela a la que fui de niño y las muchachas a las que besé a los catorce años, puedas creer entonces que digo la verdad, y comprendas que lo que está ocurriendo no son más que tristes, desgraciadas y tristes casualidades.*

*¿Querrás venir conmigo, Emma? Yo te lo suplico.*

*Pienso siempre en ti*

STAVROS

Emma se estiró en el sofá, cogió un cigarrillo de encima de la mesa y lo encendió. Echó el humo despacio, se acomodó de nuevo entre los cojines y volvió a colocar la carta ante sus ojos, dispuesta a releerla por enésima vez, con el anhelo infinito y la infinita esperanza de quien lee la carta inesperada de alguien amado, tratando ingenuamente de descubrir su sinceridad en el trazo rotundo de las letras, su delicadeza en las curvas de la rúbrica o el vigor de su inteligencia en la firmeza de los renglones.

En la ventana, un rayo alegre de sol jugueteó sobre el cristal, sacándole un arco iris de colores diáfanos. Un pájaro pequeño, heroico superviviente del invierno, atravesó veloz los aires, piando suave.

*27 de enero*

En la penumbra de las escaleras de subida a la torre de la catedral, las voces de Emma y Christine resonaban jadeantes. A ratos, a través de los ventanucos, la luz clara —jugueteando en los muros de piedra dorada y sucia— deslumbraba los ojos de las dos mujeres. Un demonio y un ángel se asomaban desde las alturas, inmóviles y sonrientes, hacia el vacío.

—Es que es todo tan raro, Emma, que es difícil creerte.

—Entonces, ¿qué piensas? ¿Que me estoy volviendo loca de verdad?

—No, no, no te pongas así...

—Estoy muy preocupada, Christine. No puedo pensar en otra cosa. Sólo en Michael, o Stavros, o quienquiera que sea... ¿Por qué me tiene que pasar a mí esto...?

—Bueno, no sé... Tal vez podría ser un impostor. Alguien que quiere engañarte.

—Podría ser, aunque lo encuentro absurdo... —Bajó la voz, que pareció pasearse entre las paredes y regresar, aturdida y descompuesta, hasta ellas—. ¿Y... y si fuera realmente Michael?

Christine se detuvo de repente y la miró.

—¿Michael? ¿Tú crees de verdad que no murió? ¿Crees en serio que no murió y que ha estado engañando a todo el mundo durante quince años?

—No sé, tal vez... O tal vez sí murió y...

—¿Y qué, Emma?

Emma no respondió.

Subieron las últimas escaleras, medio ahogadas, acelerando sin embargo el paso ante la proximidad del descanso. La luz plateada, como jabonosa, inundaba la sala. Muy por debajo de ellas la ciudad se extendía igual que un dibujo inocente y etéreo. A través de una ventana abierta entraba el aire frío —que enrojeció aún más las caras ya rojas del esfuerzo— y un ruido lejanísimo de coches y pasos y voces menguadas de gentes. A lo lejos, sobre las montañas nevadas, el sol se abría paso a hachazos entre las nubes.

Emma volvió a hablar, cada vez más bajo, susurrando, como si ella misma se asustase de sus palabras:

—A veces pienso que Michael ha vuelto de la muerte. Él me dijo que sería capaz de hacerlo. No pudo venir a su cita conmigo en Madrid, así que a veces pienso...

—¡No seas tonta! ¿Desde cuándo existen los fantasmas, Emma? ¿Desde cuándo creemos tú y yo en ellos?

Emma dio un manotazo violento en el aire.

—¡Qué estupidez! ¡Debo de estar realmente loca...! ¿Qué voy a hacer, Christine?

—Dime la verdad: ¿ese hombre te gusta?

—Es más que eso. Es como... Imagínate que hubieses estado esperando a alguien durante quince años, y de pronto aparece y todo se vuelve perfecto. Es como si esa parte de tu vida tuviese entonces sentido, todo lo bueno y todo lo malo que te ha ocurrido... Sí. Me gusta mucho. Pero no sé si el que me gusta es Michael o Stavros. Y ni siquiera sé quién es él... Eso es lo que me da miedo.

—Seamos razonables, Emma. Seguramente todo esto no son más que casualidades. Tu imaginación siempre ha sido imparable. Empezaste a soñar con él cuando te divorciaste, y es lógico: al fin y al cabo, un divorcio siempre es un divorcio...

—Sí, sí. Tienes razón. Voy a intentar ser sensata: la culpa de todo es de mi imaginación, es verdad. Me siento sola y fracasada, eso es, y la cabeza me juega malas pasadas... Sí...

—Bien. —La mano de Christine apretó el brazo de Emma—. Y ahora, vete con Stavros a Grecia, olvídate del dichoso Michael, y... acuéstate con él. Seguro que eso te vendrá bien.

—Sí, eso es lo que voy a hacer. Tú siempre tienes

razón. —Se echó a reír—. Y al final, como siempre, la carne nos hace olvidarnos del espíritu...

La oscuridad iba cayendo desde el cielo. Abajo, algunas luces empezaban a encenderse, luces de casas en las que tal vez una mujer amaría aquella noche a un hombre, después de tantos años deseándolo. Lo amaría temblando, muerta de miedo y de ansia, como si eso fuera a cambiar su vida para siempre. Como si amase la propia sombra de su deseo.

*5 de febrero*
*(al mediodía)*

Bajo un cielo azul como el cielo de un cuadro, las casas blancas, pequeñas, se amontonaban las unas contra la otras, descendiendo por la colina hacia el puerto. Allá abajo, al borde del mar, la iglesia parecía el dibujo irregular y asimétrico de un niño. En el agua leve se mecían las barcas amarillas y rojas de los pescadores.

El taxi se tambaleó por las callejuelas, hasta detenerse junto a una casita de intensas ventanas azules. Stavros y Emma se bajaron, y sus siluetas pintaron de improviso sobre el paisaje quieto una forma ajena, como si con ellos viajase la lejana agitación de la ciudad.

La madre salió de la casa y corrió a abrazar a su

hijo. Se había arreglado con su mejor ropa, un vestidito oscuro de pequeñas flores rosadas, y zapatos de medio tacón. El pelo blanco y suave estaba estirado en un moño sencillo.

Stavros le presentó a Emma, que la besó sonriente.

Una bandada de gaviotas, chillando como brujas, pasó sobre sus cabezas, camino de los desperdicios de la taberna.

*(por la tarde)*

En la diminuta habitación de Stavros, las paredes —sucias y descascarilladas— estaban cubiertas de reproducciones amarillentas, antiguas *kor s* de inquietante sonrisa, esclavos atormentados de Miguel Ángel, pájaros-pluma de Brancusi. Un rayo de sol voraz entraba por el ventanuco, deteniéndose sobre la colcha de ganchillo de un blanco inmaculado.

Emma y él, sentados en el suelo, sacaban viejas fotografías de cajas de zapatos y las miraban divertidos, riéndose como dos niños al descubrir tesoros escondidos de los mayores.

En una de las cajas apareció el retrato de una mujer. Una mujer guapa, de largo pelo rubio recogido en una alta cola de caballo, con la piel muy blanca y los ojos muy azules, algo achinados. Un jersey rojo, de cuello alto, apretaba sus pechos pequeños.

Emma leyó en voz alta las palabras escritas en la

esquina derecha, sobre una mano que se doblaba en el aire, etérea como la mano de una bailarina:

—*To Stavros, with love. Er... Erzsébet.*

La foto cayó al suelo mientras Emma se ponía en pie, deformado el rostro en una mueca de espanto.

—¿Quién es?

—Mi ex mujer.

Emma apretó los brazos sobre su pecho, estrechándose a sí misma. Su mirada se había vuelto gris y helada.

Stavros se puso en pie y se acercó a ella.

—¿Qué ocurre?

Tardó en contestar, respirando fuerte, como si se ahogase.

—Erzsébet... La mujer de Michael se llamaba Erzsébet...

Él la miraba a los ojos, con el ceño apretado y una vena, azul y vibrante, latiéndole en la sien.

—Escucha, Emma: mi ex mujer es americana, pero sus padres nacieron en Hungría. Erzsébet es un nombre muy común en húngaro. Sólo es Isabel.

Ella lo contempló unos instantes. La barbilla le temblaba. Trató de decir algo, pero al fin se quedó callada. Luego se volvió y caminó hacia la puerta, ligera y silenciosa como una sombra.

Stavros no intentó seguirla. Sólo le gritó. Le gritó igual que lo habría hecho un hombre desesperado:

—¡Emma! ¡Yo no soy un impostor! ¡No tengo la culpa de que mi mujer se llamase como la suya!

Emma cerró la puerta tras ella, sin mirarlo, muy despacio, como si tuviera miedo de hacer ruido, miedo de que el más tenue ruido pudiera derribar en unos segundos las paredes y el techo, derribar la casa y el cielo tan azul, allá afuera, palideciendo sobre el mar, derribar el mundo y hacer surgir, en su lugar, la nada.

Stavros se llevó las manos a la cabeza. A sus pies, la sonrisa de Erzsébet se dibujaba, inocente y antigua, sobre el *flokati* ajado. La pisoteó con saña, hasta que el hermoso rostro de la mujer se convirtió en la cara de un monstruo infernal, sin boca.

*(por la noche)*

En la chimenea ardía el fuego, enrojeciendo las paredes tan próximas del pequeño comedor. Una bombilla ramplona colgaba del techo e iluminaba apenas los rostros somnolientos de Emma y Stavros que, sin mirarse, tomaban una copa de aguardiente, aún sentados a la mesa.

La madre, quieta la sonrisa en los labios, las manos sobre el regazo, como una vieja estatua, los observaba. Sólo rompió a hablar cuando su hijo se volvió un instante para sonreírle:

—Χαιρομαι πολύ πού ειστε εδώ.

La voz de Emma, que se había mantenido callada durante largo rato, sonó ronca:

—¿Qué dice?

—Que se alegra de que estemos aquí.

La madre prosiguió:

—Μού αρέσει πολύ υά σέ βλέπω μαξι της, παιδι μου.

—Dice que le gusta vernos juntos.

—Παράξενο πράγμα όταν σας κυττάξω έχω τήν εντύπωση ότι σας έχω όει μαξι πολλές φορές παρελόδν.

Esta vez, Stavros no dijo nada. Se acercó al fuego y lo atizó. Emma esperó unos instantes en vano su traducción y al fin se atrevió a preguntar:

—¿Qué ha dicho ahora?

—No te va a gustar.

—¿Qué ha dicho?

—Ha dicho que tiene la sensación de que nos ha visto juntos antes muchas veces.

Emma se levantó rápidamente.

—Buenas noches, señora Noussanis.

—Καληνύχτα.

Al pasar al lado de Stavros, él le cogió la mano. Emma se detuvo, pero no lo miró. La voz del hombre sonó suplicante:

—Créeme, por favor.

La de ella se había roto:

—... Ni siquiera sé si ella es realmente tu madre.

Stavros la miró desconsolado. No fue capaz de responderle. Soltó su mano, que cayó sobre la falda, indefensa y rígida.

*6 de febrero*
*(por la mañana)*

Desde el fondo del mar, la tormenta se acercaba, ennegreciendo poco a poco el aire todavía limpio del amanecer, agitando el mar tan plácido del día anterior en una lucha furiosa de espumas y bramidos.

Emma atravesó el puerto en dirección a la iglesia. A través de una ventana de la casa, Stavros la miró alejarse despacio, bella y clara, ajena a la borrasca.

En el templo, los frescos de la Virgen —iluminados por el sol desvaído que aún entraba por la pequeña cúpula— parecían translúcidos. Los pasos sonaban nítidos entre las paredes blancas.

Cuando Stavros abrió la puerta y las llamas de las velas temblaron en el aire revuelto, ella le dio la espalda y siguió mirando las figuras descoloridas.

La voz del hombre flotó en el aire y luego se desprendió desde lo alto:

—Son del siglo XVIII, aunque la iglesia es muy anterior, bizantina, del XIV. Cuando yo era pequeño veníamos aquí a pasar las tardes. En verano es el lugar más fresco de todo el pueblo.

Emma caminó bajo la luz que empezaba a oscurecerse, alejándose de él. Pero Stavros se le acercó, la cogió por los hombros bruscamente y la obligó a mirarlo.

—¡Emma...! ¡Nos vamos a volver locos!

Y entonces la besó. Abrió la boca y la besó, y ella enredó la lengua en la suya, lamió sus labios, se bebió su aliento. Tanto deseo, tanto, días deseándose, semanas deseándose, años enteros derritiéndose de deseo, ansiando conocer el sabor de esa piel, el tacto de esa piel, la exacta dureza de los músculos, el calor de su sexo, el feroz movimiento de sus caderas...

Un trueno repentino y violento rompió el aire, y la lluvia empezó a caer con fuerza contra los cristales. Las manos de Emma se detuvieron poco a poco. Su boca se alejó de la de Stavros. Dejó caer sus brazos, echó atrás la cabeza, cerró los ojos. No podía. No podía acostarse con un hombre que acaso fuera un fantasma. No podía acostarse con un hombre que era igual a Michael pero que afirmaba no ser Michael.

Stavros la miraba, impotente, vacío.

Durante un largo instante se mantuvieron inmóviles, tratando de concentrarse en el sonido de la lluvia contra los cristales. Luego él alargó la mano muy despacio hacia la cara de Emma y la acarició. Ella abrió los ojos, y el miedo surgió del fondo de sus pupilas, formando en el aire una voluta gris. Gris y helada.

Él la empujó suavemente hacia la puerta de la iglesia.

Salieron bajo la tormenta. El mundo se había vuelto un campo de batalla, incontenibles ya los truenos y las olas y la lluvia y el viento. Los cipreses de la plaza se revolvían en el aire como seres enloquecidos.

*(por la noche)*

Junto al taxi, a la salida del aeropuerto, Emma se despidió de Stavros sin darle siquiera la mano, rígida como si estuviera hecha de piedra.

El coche arrancó, llevándosela hacia un mundo en el que no existieran hombres semejantes a otros hombres muertos, en el que no existiera la voluta gris del miedo, ni recuerdos de conversaciones largas y paseos suaves y arias tristes tocadas al piano, ni tampoco el deseo, un cuchillo candente que te atraviesa las entrañas dejándote sin aliento. Llevándosela hacia el mundo real.

No volvió la mirada.

Stavros se quedó allí, viéndola alejarse, plantado en mitad de la acera, con su maleta en el suelo, como la prueba irrefutable y tangible de su fracaso.

Un viajero apresurado le dio un empujón. Él ni siquiera pareció darse cuenta. Era un hombre desolado. Desolado y solo.

*15 de febrero*

Sobre la mesa del psiquiatra, la lamparilla plateada iluminaba la fotografía de una niña —acaso su hija— y el papel reluciente en el que el médico iba tomando notas y trazando, a veces, paralelas rayas de psiquiatra psiquiatrizado. Por las rendijas de las persianas venecianas se entreveían las altas torres de San Carlos, mojadas y lustrosas, y un rumor de calle llegaba hasta la sala casi en penumbra.

—Yo... empecé a acordarme de Michael hace más o menos un año, cuando me divorcié de mi marido... Empecé a pensar en él de repente, no sé por qué, y entonces me di cuenta de que era un hombre maravilloso y de que... bueno, de que era el hombre con el que quería estar. Me dio por imaginar que tal vez estaba vivo, que tal vez no había muerto en aquel accidente y que me lo encontraría un día... — Emma bajó la voz, como avergonzándose de su confesión—. O tal vez sí, tal vez estaba muerto y a pesar de eso me lo iba a encontrar.... No sé, pero llegué a estar tan convencida... Y hace un mes y medio me lo encontré...

Mantenía los puños cerrados, hundiendo las uñas en su propia palma. El psiquiatra apenas sonreía con el extremo de los labios, medio ocultos bajo el bigote largo y pasado de moda.

—Sí. A veces la vida imita a la imaginación.

—No sé por qué he venido a verle a usted... Tal vez debiera haber ido a la policía, ¿no cree?

—No.

—Ya... Entonces, ¿de qué piensa usted que estamos hablando?

—De un fantasma... De un fantasma creado por usted misma, por supuesto. Es un caso interesante, sí, muy interesante...

—Pero yo... ¿Por qué me ocurre todo esto...?

—Creo que no es muy difícil de entender. Usted estuvo enamorada de Michael Alcott cuando era una jovencita. Me lo ha retratado como un hombre guapísimo, encantador, lleno de talento e inteligencia, y bueno, además...

—Es que era así.

—No dudo de que lo fuera. Al menos, de que lo fuera para usted, una muchachita enamorada. Pero Alcott era un hombre casado, y para colmo, era amigo de su madre. De manera que usted no podía tomar la iniciativa. Y cuando él le propuso aquella cita en Madrid, su mente creyó que le estaba ofreciendo algo que iba más allá de lo que habían vivido hasta entonces... Una relación amorosa. Sin embargo, él murió. Faltó a su cita, así que usted se quedó con la idea de que la muerte le había impedido vivir esa relación.

—Sí, tal vez...

—Entonces, sublimó usted su recuerdo. Lo convirtió en su pareja ideal. Pero sólo en la parte más oscura de su mente, en su inconsciente, en secreto incluso para usted misma.

—Puede ser...

—Aparentemente, usted se olvidó de él, se enamoró de otros hombres, vivió con ellos, incluso se casó... Pero el fracaso la fue persiguiendo: nunca era el hombre adecuado, porque nunca era Alcott. Así que, después de la ruptura más importante, la de su matrimonio, usted sacó al fantasma de su armario, e hizo que viniera a aquella cita a la que faltó hace quince años. Lo encarnó...

—¿Lo encarné?

—Sí... Le puso un cuerpo, digamos. Puede que su amigo griego se parezca algo a Alcott, pero estoy seguro de que no tanto como usted cree. Es más: es probable que nunca existiera la pluma con las iniciales L. A., es probable que nunca haya hablado usted con él de Orfeo y Eurídice. Lo más posible es que todo eso sean trampas que su inconsciente le va tendiendo para hacerle creer que se ha reencontrado con él. ¿Cómo decírselo...? Su deseo es más fuerte que la realidad. Actúa sobre la realidad y sobre los recuerdos, modificándolos a su antojo. A veces, excepcionalmente, esas cosas ocurren.

Emma cogió un cigarrillo de su bolso. Pareció reflexionar mientras lo encendía.

—Sí, puede ser... Pero aun suponiendo que fuese así, ¿por qué me niego entonces a aceptarlo? ¿Por qué quiero huir de él?

—Porque en realidad, para usted Michael Alcott sigue siendo un hombre casado. Y el amigo de su madre. Está cogida en su propia trampa. Nunca podrá aceptar abiertamente que está enamorada de él. Ni que él lo está de usted.

—Bien. Entonces... no tengo solución.

Y su risa sonó sarcástica y breve, como una campana veloz en el aire.

—Por supuesto que tiene solución... Lo que debe hacer es matar al fantasma.

—¿Matarlo?

—Sí, eso es. Convencerse de que Michael Alcott está muerto. Si hubiera una tumba, le aconsejaría que fuese allí, le llevase unas flores y le pidiera que la dejara en paz. Así se ha conjurado siempre a los fantasmas.

—Sí, pero no hay tumba.

—No, no la hay. Pero sí hay un testigo de la muerte: su hermano, me ha dicho usted. ¿No es cierto?

Emma asintió.

—Debería ir a visitarlo. Que él le cuente lo que ocurrió. Inténtelo.

—Bien. Lo intentaré. Gracias, doctor. Adiós...

Se puso rápida en pie, y estrechó con firmeza la

mano del psiquiatra, sintiendo que sus palabras le habían dado una confianza nueva, el valor necesario para acabar con su absurda situación, sí, el fantasma sólo era su propio invento, y debía acabar con él. Matarlo.

Caminó ligera hasta el ascensor —distendidos y enérgicos los músculos de su cuerpo—, y salió a la calle bajo la lluvia, en dirección al Ring, envolviéndose en su abrigo y su bufanda, hundiendo con gesto decidido el gorro hasta encima de las cejas.

No se dio cuenta de que tras ella caminaba Stavros, con cuidado de que no lo viese, arrimado a las paredes como un criminal detrás de su víctima. O como un hombre enamorado detrás de la mujer que lo ha abandonado, y a la que sólo aspira a ver unos segundos, por la espalda, intentando tal vez recordar en ese extraño acercamiento el tacto tan suave de su piel, el tamaño de sus caderas que se agitaban violentas sobre él o el sabor duro y dulce de su vientre, intentando acaso percibir el ruido de su respiración, que tanto lo excitaba, olfatear igual que un perro el olor intransferible y magnífico de su cuerpo.

*26 de febrero*
*(por la mañana)*

La lluvia golpeaba el coche, corría como un reguero sobre los cristales y formaba enormes charcos en la carretera estrecha y curvada, que caía a pico por los acantilados oscuros hacia el mar, un mar terrible aquella mañana, ensoberbecido en su espantosa fuerza, en sus inmensas cataratas de espumas y aguas violentas.

A través de la ventanilla, Emma vislumbró a lo lejos la casa encaramada sobre la tempestad, azotado el suave jardín de residencia inglesa por los vientos inclementes del día británico y feroz.

El coche se detuvo en medio del camino de gravilla. Sonó levemente el claxon, y un hombre se asomó a la puerta —un hombre parecido a Michael, algo más bajo y más joven y menos atractivo, tal vez— y corrió sujetando un gran paraguas con el que protegió a Emma del aguacero.

Sólo dentro de la casa, al abrigo del viento y de la lluvia, se estrecharon las manos. El salón se abría en ventanales inmensos hacia el mar embravecido. Un fuego ruidoso y cálido ardía en la chimenea. Ella lo contempló, aliviada de encontrar aquella templanza después de tres horas conduciendo, desde Londres, por las carreteras desangeladas y extrañas.

Pronto aparecieron un par de tazas, una buena tetera humeante y un platito de pastas de aspecto casero. Pero ni Emma ni Henry Alcott tenían hambre. Sólo ganas de conversar, después de contemplarse largamente, decirse algunas frases hechas y sonreírse el uno al otro con cierta timidez. Y fue él quien empezó:

—Debo reconocer que me ha sorprendido que quisieras hablarme de Michael tanto tiempo después.

—Ya me imagino... Bueno, no te dije nada por teléfono, pero verás, es que... Estoy haciéndome un psicoanálisis y... Sueño muchas veces con Michael... El psicoanalista me ha dicho que viniera a hablar contigo.

—Bien, pues aquí estamos. Si puedo ayudarte en algo... ¿Qué es lo que sueñas?

—Verás... Sueño que Michael está vivo.

El hombre dejó su taza de té sobre el platillo. Su rostro había perdido ahora la sonrisa, y parecía ensombrecido por alguna pena vieja y familiar.

—Por desgracia no lo está. —Se le llenaron los

ojos de lágrimas—. Yo vi a mi hermano ahogarse delante de mí, y no pude hacer nada por él...

Y siguió contando, contando cómo lo vio hundirse entre las olas y cómo, a pesar de lo mucho que lo quería, a pesar de que sabía que su vida ya nunca sería la misma sin la presencia de aquel hermano mayor que siempre lo había cuidado y animado y le había enseñado a reírse un poco de las cosas y de sí mismo —a él, que era tan dramático y todo se lo tomaba a la tremenda—, a pesar de todo eso, no fue capaz de salvarlo.

Siguió contando cómo la tempestad se levantó súbita, repentina, enormes olas de noviembre saltando sobre el velero, convirtiéndolo en un barquito de papel que navegase por el agua dislocada de una catarata, arriba y abajo las olas negras, arriba y abajo el cielo negro, mientras ellos perdían el valor —aunque acaso conservasen aún la esperanza—, y gritaban y tragaban agua y la echaban luego por la boca, sintiendo que se estaban transformando en un mineral, un mineral helado en medio del agua helada, incapaces ya, al cabo de unos minutos, de agitar ni siquiera los brazos y las piernas. Contó que cuando Michael cayó al agua, cuando lo vio revolverse entre las olas como un pelele aterrorizado, él creyó recuperar durante unos instantes las fuerzas, y el ansia de salvarlo fue tan grande que logró dominarse sobre el casco casi vertical del barco y tirarle el salvavidas con la infinita esperanza de que pudiera agarrarse a él y sobrevivir, mientras su voz al fin recobrada lanzaba grandes gritos como si tratase de mantenerlo a flote con la energía de su propio sonido. Pero el salvavidas se convirtió también en un juguete que desapareció en unos segundos entre las olas, casi al mismo tiempo que se hundía definitivamente la cabeza amoratada, como de alga viscosa, de Michael. Él siguió gritando durante largos minutos, agarrado al palo que parecía mantenerse de milagro sobre el velero —escorado pero aún tieso—, gritó su nombre por encima de la furia del mar, tratando acaso de recuperarlo así del fondo de las aguas, gritó hasta que se quedó ronco, y ya sólo pudo susurrar, y luego ni siquiera eso, y el silencio mortal llenó sus oídos a pesar del bramido insoportable de las olas, del despiadado rugido de todos los vientos desatados.

El silencio mortal permaneció en su cabeza hasta que fue rescatado por el mercante, y sólo al cabo de un largo rato su cerebro comprendió que le estaban hablando. «¿Estaba solo?», fueron las primeras palabras que oyó, y entonces, al fin, rompió a llorar.

*(por la tarde)*

La lluvia había cesado. El cielo, inmenso sobre la inmensidad del mar, seguía siendo plomizo y cercano. Todavía las olas saltaban bravías, aunque despojadas ya de la crueldad de las horas anteriores. En el horizonte, un resplandor tenue y lejano recordaba la existencia de la luz.

Emma se mantuvo quieta durante un largo rato al

borde del acantilado. En los ojos se le dibujaba una espiral melancólica y honda. Llevaba en las manos un ramo de flores, astromerias rosadas y blancas calas. Cuando al fin las tiró al agua, se convirtieron en pequeñas motas pálidas, rápidamente desaparecidas entre las olas negruzcas.

Henry Alcott se le acercó y le habló en voz muy baja:

—Siempre lo echaré de menos.

Emma se volvió hacia él.

—Yo... quiero darte las gracias por lo que has hecho por mí. No puedes imaginarte lo importante que ha sido esta conversación. Michael se había convertido en un fantasma en mi vida. Por eso tuve que venir. Ahora siento que lo he conjurado.

—Me alegro mucho por ti, Emma. Yo no sé si lo lograré alguna vez... Creo que viviré siempre con la idea de que un día voy a volver a encontrármelo...

Y una ráfaga de viento agitó entonces el mundo, lanzando frías gotas de agua salada que salpicaron sus rostros.

Emma alejó la mirada de Henry y la perdió de nuevo en el mar, como si buscase entre las aguas la sombra fantasmal del muerto querido, tan deseado.

*(por la noche)*

Rígido e impasible, Stavros parecía una escultura más en medio de sus esculturas, la imagen quieta de un hombre desesperado, desnudo el torso, sombría la mandíbula, afilada y ojerosa la cara enflaquecida.

Sus ojos se mantenían fijos sobre las figuras de Orfeo y Eurídice, a las que la luz dotaba de raros reflejos y transparencias misteriosas, como si la materia se desvaneciera bajo ella.

Su garganta —ajena acaso a su voluntad— tarareaba una música que parecía sonar lejana y confusa, si bemol, fa bemol, sol, *Tu se' morta, se' morta, mia vita, ed io respiro?...*

Las manos acariciaron las manos vacías de Eurídice, el rostro descompuesto de Orfeo.

*Addio terror, addio cielo, addio...*

Algo duro y terrible empezó a crecer dentro de él. Su cuerpo se tensó. La melodía apenas musitada se fue convirtiendo en un grito. Las manos arañaron con rabia la escultura, la golpearon luego los puños desesperadamente, hasta tirarla al suelo. Una danza frenética, como endemoniada, lanzó esquirlas y fragmentos de madera por todas partes. Al cabo apenas quedó bajo sus pies una mancha amorfa de materia inerte.

El grito se había transformado en un aullido y luego se fue degradando en queja.

Y Stavros allí, hermoso, agotado, jadeante, arrodillado en medio de los escombros de su obra más querida. Sollozando.

# MARZO DE 1997

*2 de marzo*
*(por la mañana)*

El día había amanecido soleado y cálido. Un atisbo de la ya cercana primavera coloreaba el cielo y las cosas de la tierra, despojando por unas horas a los vieneses de sus gorros y bufandas y guantes y botas impermeables. Liberados al fin, recorrían las calles despacio, como agradeciendo a los dioses del cielo su inmensa clemencia.

En el Graben, Emma y Christine se detuvieron a escuchar el cuarteto de Beethoven que un grupo de jóvenes músicos interpretaba en una esquina, ante el escaparate de una armería. Los violines parecían curvar el aire a su alrededor, y algunos paseantes ajustaban su paso al ritmo enérgico y solemne del violonchelo. Cuando al fin prosiguieron su camino,

Christine quiso volver al tema de conversación que las había ocupado durante largos minutos:

—Me alegro muchísimo de que todo haya acabado bien. La verdad es que estaba preocupada por ti.

—Sí, lo sé, Christine, gracias... Era como para estar preocupada. ¡Ha sido una locura! ¿A quién se le ocurre pensar que alguien que ha muerto hace quince años pueda volver a la vida...?

Y se rió de sí misma, alegre, aunque los ojos permanecieron serios, como perdidos en alguna secreta inquietud.

—¿Y dices que Werner ha reaccionado bien? —prosiguió Christine.

—Sí, muy bien... La verdad es que es un tipo fantástico. Ni siquiera me ha pedido explicaciones. Le dije que había pasado una pequeña depresión, y el pobre se lamentó de que no le hubiese pedido ayuda...

—¿Y Stavros?

Emma, endurecido de pronto el gesto de la boca, se detuvo ante el escaparate de una librería. Fingió no haber oído la pregunta de Christine y siguió hablando con el aire íntimo de quien hace confidencias sentimentales:

—Werner me ha pedido que le acompañe este verano a Berlín, para conocer a su familia. Creo que iré con él.

Pero Christine insistió:

—¿Has vuelto a ver a Stavros?

Entonces Emma se volvió y la miró. La frente se le arrugaba en un profundo pliegue contrariado.

—No. Desde que volvimos de Grecia no he sabido nada de él. Yo no quiero llamarle, y él tampoco lo ha hecho. —Caminó de nuevo, dando por zanjado el asunto—. ¿Te parece que debo ir a Berlín con Werner?

—Bueno, tal vez eso pruebe su culpabilidad...

—¿Qué quieres decir?

—No sé, ha sido todo tan raro, Emma... Ahora que ya pasó, puedo decirte lo que pienso: nunca me gustó esa historia. No sé si consciente o inconscientemente, pero ese tipo te ha hecho daño.

Emma detuvo su marcha y gritó:

—¡No digas tonterías, Christine! ¡No me ha hecho ningún daño! ¡Y si me lo ha hecho, él no tiene ninguna culpa! ¡Todo ha sido culpa mía! ¡A él déjalo en paz!

Su cara había enrojecido, airada. Algunos transeúntes se volvieron, curiosos, a mirarla. Christine la cogió del brazo y trató de alejarla de allí. Pero ella se zafó con violencia y permaneció quieta —altiva y segura de sí misma— en medio de la acera llena de sol. Las manos le temblaron de ira.

*(por la noche)*

*Tu se' morta, se' morta, mia vita, ed io respiro?*, mira la casa, allá abajo, en el valle, parece una casa de juguete, mírala, Emma, mírala, como aquella casita diminuta que te habían traído los Reyes Magos y que tú guardaste durante años en el armario, una vez te pillé jugando con ella y te enfadaste mucho porque querías hacerte la mayor conmigo, *do you remember?*, no, yo no te conozco, no te conozco, es el otro, el otro que no soy yo, dice tu madre que no sirvo para nada salvo para llenarme la boca de palabras y más palabras, al otro, se lo dice al otro, al que trepa a lo alto de la montaña y ve la casa desde allá arriba, a los pies del risco de roca blanquecina semejante a un corona que se recorta contra el cielo, adoro esa casa, yo, y a tu madre y a ti, *addio terra, addio cielo e sole, addio*, esa niebla, esa niebla, viene desde el mar, avanza desde el mar sobre la isla, no quiero desaparecer, perderme, no, yo soy yo, Emma, soy yo, te deseo, te deseo, él soy yo, ya no sé quién soy...

Por la ventana entreabierta llegaba la luz velada de la calle, y soplos de aire tumultuoso y frío que alcanzaban la cama donde Stavros, sin embargo, se revolvía sudoroso entre las sábanas, tratando de abandonar el espacio dilatado de la pesadilla. Encendió torpemente la lámpara de noche. Temblando, bebió un trago largo de agua. En el fondo del vaso pareció dibujarse una sombra espesa. El oscuro abismo de un infierno donde un hombre podría perderse, desaparecer.

*5 de marzo*

A través de la ventana, el restaurante en el que Emma y Werner se disponían a cenar parecía un lugar acogedor, con sus velas de colores, las paredes revestidas de madera y sus mantelitos de cuadros. Un buen lugar para celebrar algo digno de ser celebrado, a salvo de cualquier acontecimiento exterior.

A través de la ventana se veía una botella de vino francés, probablemente muy caro, descansando sobre la mesa. Y a Werner que levantaba su copa para brindar. Luego un beso largo culminando el brindis, y las risas —tal vez él había gastado alguna broma— haciendo titilar la llamita de la vela, que por unos segundos pareció estar a punto de apagarse, centelleando tenue en el candelabro de vidrio azul.

Y se vio a Emma dirigir su mirada hacia la ventana, y sobresaltarse al descubrir algo, a alguien, y permanecer enfrascada en su visión, ajena ahora a Werner, que seguía hablando, animado, agitando mucho los brazos en el aire sin duda tibio y perfumado de ricos aromas. Se vio cómo algo dulce y suave y triste la envolvía, igual que la luz de la luna envuelve un cuerpo, aislándola del mundo que había a su alrededor. Y cómo se levantaba de pronto, y cogía de la percha su abrigo y su bolso, mientras Werner la miraba atónito. Se la vio darle un beso en la mejilla y decirle algunas palabras breves y rotundas y hacerle un gesto para que no la siguiese. Y caminar después hacia la puerta sin apartar la mirada de los cristales.

En la calle, Stavros —apenas protegido del frío con una cazadora ligera, poblada la barba de varios días, hundidos los ojos— se abalanzó hacia ella, que se asustó al ver su aspecto de hombre enfermo.

—¡Dios mío! ¿Qué te ocurre?

Tembloroso entre las manos de Stavros, el velero parecía aún más diminuto, una diminuta mancha de colores —amarillo y verde el casco, blanco sucio la vela, caída y hecha jirones— en medio de la tempestad, como un rugido inmenso de enormes olas de noviembre saltando sobre un barquito de papel que navegase por el agua dislocada de una catarata, arriba y abajo las olas negras, arriba y abajo el cielo negro. Ahogándose.

Emma, pálida, trataba de apartar los ojos asustados del cuadro, sin lograrlo.

Las palabras de Stavros sonaban débiles, igual que si un muro se alzase entre él y el mundo:

—Yo no había vuelto a pintar desde que salí de la Escuela de Bellas Artes. Pero hace más o menos un año, me levanté una mañana con esta imagen en la cabeza, un velero en medio de la tempestad, y un terrible deseo de pintarlo... ¿Por qué un velero en medio de la tempestad, Emma? ¿Por qué, si nada tiene que ver con mi vida...?

La arruga de la mejilla era más profunda que nunca, y la boca se le movía incesantemente, agitada en una convulsión.

Por calmarlo y calmarse a sí misma, Emma trató de mantener el control, fingiendo una calma que no sentía. Ni siquiera podía pensar.

—Es una casualidad. Sólo es una casualidad...

Stavros susurró:

—Yo... creo que estoy loco, Emma. Empecé siendo un fantasma para ti. Y ahora lo soy para mí mismo. ¡Ya no sé quién soy!

Emma se acercó a él y le cogió las manos.

—La culpa es mía. Yo te metí un montón de ideas en la cabeza.

—No, no, Emma. Es más que eso. Tengo sueños...

—Sueños...

Stavros se alejó de ella.

—Tú eres una niña... Tienes, no sé, catorce o quince años, y tú y yo paseamos por el campo... Abajo, en el valle, hay una casa muy grande, con el tejado rojo, y en la cima de la montaña un farallón de rocas blancas... ¿Existe ese lugar, Emma...?

Ella desvió la mirada. Él, entonces, volvió a acercársele, amenazador.

—¡Dime si existe ese lugar!

—Sí... Bueno... No sé... Todos los sitios se parecen...

—Dímelo, por favor... ¿Es la casa de tu madre?

—Podría ser, sí... Pero...

Stavros se acercó más a ella, y empezó a acariciarle la cara.

—Luego, de pronto, eres mayor... Veinte, veintitantos años, y yo quiero besarte y acostarme contigo, pero no puedo hacerlo... Entonces te digo que nos veremos en Madrid, y tú te burlas de mí aunque yo sé que es mentira y que también quieres verme... ¿Ocurrió eso...? ¿Ocurrió...? ¿Te dio él una cita en Madrid? Dímelo, Emma, por favor, dímelo...

Gris y helado, un mundo gris y helado, Orfeo, el velero, la muerte, Michael, Erzsébet, los infiernos, Stavros y Stavros y Stavros, gris y helado, acaso Michael, acaso muerto, los fantasmas no existen, esto no puede estar ocurriendo, él sería capaz de volver de la muerte por mí, la casualidad, la estúpida casualidad...

Se abrazó a él, exhausta, muerta de miedo, lamentándose:

—¡Dios mío...! ¿Qué vamos a hacer ahora?

*7 de marzo*
*(por la mañana)*

Del interior de la casa, descolorida y húmeda en el día nublado y húmedo, surgía la música de un *lied* de Strauss, y también un buen olor a guiso, cuyos vapores revoloteaban a través de la ventana de la cocina y se disolvían lentamente en los vapores del aire, perfumados de lluvia.

Un taxi rezongón y ruidoso traqueteó por el camino de tierra hasta detenerse ante la puerta. Elisa salió, limpiándose las manos en el mandil, y atravesó rauda el espacio que la separaba de Emma para abrazarla largamente.

Conteniendo la respiración, Stavros esperó el momento de ser presentado y estrechó la ancha mano arrugada de Elisa, que le sonreía como una madre sonríe al buen amigo de su hija.

Caminaron hacia el interior de la casa. Stavros se apartó a un lado para dejar pasar a las dos mujeres, Emma delante —con su penosa cara de haber dormido poco—, tras ella Elisa, que se detuvo un momento, apenas el tiempo de un parpadeo, y lo miró fijamente a los ojos, seria, fruncidos los labios, alta la nariz, como olfateándolo.

Despacio al principio, pronto impetuosas, las primeras gotas de la larga lluvia del día empezaron a caer, resonando sobre los árboles del jardín.

*(al mediodía)*

El estudio de Elisa se abría a través de un amplio ventanal en el que golpeaba la lluvia hacia el paisaje lleno de verdes, suave en las cercanías de la casa, violento y casi invisible entre las nubes a lo lejos, allí donde se encrespaban las montañas.

Stavros contempló despacio los cuadros repartidos por todas partes. Luego respiró hondo.

—Si yo hubiera sido capaz de pintar así, creo que nunca habría dejado la pintura.

Desde una esquina, Elisa lo miraba, cruzados los brazos sobre el pecho, hondo el pliegue en mitad de la frente, entre las cejas espesas.

—Bueno, no se preocupe... Nadie parece estar nunca contento con su suerte. —Se sentó en un viejo sillón desvencijado y salpicado de pinturas—. A mí, en cambio, me habría gustado ser escultora. Y lo intenté de joven. Pero los instrumentos se me caían de las manos y el aire delante de mí parecía volverse espeso... La forma se negaba a surgir del caos.

—Sí... Es curioso... Usted quiso ser escultora y no pudo. Yo quise ser pintor y no pude. Y sin embargo, al final todo encaja, como si cada uno de nosotros viviera realmente la vida que tiene que vivir... Ésa es una de mis grandes preguntas. ¿Uno elige su destino o el destino le elige a uno? Aún no he encontrado la respuesta.

Elisa encendió un cigarrillo.

—He oído esa misma pregunta muchas veces... Mi amigo Michael Alcott solía hacérsela constantemente. Y yo siempre le decía que, si tuviéramos la respuesta, seríamos dioses... Pero los dioses ya no existen. —Sus palabras sonaron confusas mientras volvía a acercar el mechero al cigarrillo sujeto entre los labios—. ¿Conoció usted a Michael Alcott?

En la frente de Stavros había empezado a latir la vena azul.

—No.

—No, claro... Michael murió hace muchos años. Una pérdida terrible para mí. Era un gran amigo. Aún no me he acostumbrado a su ausencia, y a veces todavía pienso que me lo voy a encontrar cualquier día. —Se volvió de improviso hacia él y lo miró con violencia, escrutándolo. Durante unos instantes. Luego sonrió inocentemente—. Bien, vamos abajo. Emma estará esperándonos para comer.

*(por la tarde)*

Las nubes cubrían la cima rocosa de la montaña y se diluían hacia el valle, haciéndose jirones entre los ramajes de los brezos que crecían sobre las piedras de los taludes, casi horizontales en el aire, como flotantes.

La niebla ponía pequeñas gotas frías en las caras de Emma y de Elisa, que subían lentamente por el camino, aspirando hondo la humedad, aspirando hasta la médula la belleza de un paisaje que aquella tarde se les quedaría grabado a las dos entre las células del cerebro, y bastaría la visión de un castaño, el paso leve de una bruma sobre un roquedo claro, el sonido de un arroyo rebosante de agua del deshielo, borboteando sobre las piedras, para poner en marcha el mecanismo de la memoria que las haría volver una y otra vez a aquella tarde, a aquel lugar, a las mismas palabras y el recuerdo mil veces evocado de un hombre querido que era igual a otro hombre querido, muerto hacía quince años, y que ignoraba —como lo ignoraban todos— quién era en realidad.

Elisa se apoyaba en un bastón —una robusta rama nudosa, sin barniz, tallado el mango en forma de cabeza de oso— y respiraba con esfuerzo mientras hablaba lentamente, subrayando cada palabra, prestándoles así una rara intención:

—Me gusta mucho ese amigo tuyo.

—Me alegro, mamá.

—¿Puedo hacerte una pregunta?

—Claro...

—¿Es sólo un amigo, o hay algo más?

—No lo sé.

Elisa se detuvo y cogió a su hija por los hombros.

—No seas tonta, Emma. No desaproveches esta oportunidad.

—¿Por qué estás tan segura de que es bueno para mí?

—Yo soy tu madre, no lo olvides. Veo cosas que los demás no ven, ni siquiera tú misma. —Y caminó de nuevo—. Cuando estáis los dos juntos, tengo la sensación de que os conocéis desde hace mucho tiempo, de que sois dos piezas que encajáis perfectamente en el mismo molde. Sí... Stavros me gusta mucho. Creo que es un hombre que sabe querer a una mujer. Por lo menos estoy segura de que sabe quererte a ti.

—Mamá, ¿Stavros te recuerda a alguien?

—¿A quién tendría que recordarme?

—No sé... A veces a mí se me parece a Michael.

—¡Pobre Michael...! Hace tanto que ha muerto y todos seguimos acordándonos de él... —Se sentó sobre una roca, cansada. Emma se instaló a sus pies, apoyando la cabeza en el refugio familiar de sus piernas—. A pesar de lo poco recomendable que era.

—¿Poco recomendable...? ¿Qué quieres decir?

—Me refiero a cómo trataba a las mujeres. ¿Nunca te diste cuenta? Claro, tú eras muy joven... No sabes qué rabia me daba su empeño en seducir constantemente. No podía vivir sin que hubiese un montón de mujeres enamoradas de él y sufriendo por su causa. Sólo así se sentía bien, como si el dolor ajeno le diese seguridad en sí mismo... Mentía sin cesar, hacía lo que fuese con tal de convencer a cada una de ellas de que era el amor de su vida. Y en cuanto lo había logrado, salía corriendo... —Su mano empezó a acariciar despacio la cabeza de Emma, con el gesto de una madre que consolase a su hija en un dolor inesperado—. Sí, era un experto en la mentira y el engaño. Una vez le oí hacerle un hermoso discurso a una estudiante de Historia Antigua. Le habló de Orfeo y Eurídice. Le dijo que sería capaz de volver a la Tierra a buscar a su amada si muriese antes que ella... Y ella le creyó. Por lo que sé, se ha pasado la vida esperándolo.

Se puso en pie, entristecida, apoyándose en su bastón, y echó a caminar hacia el valle.

Emma se quedó callada un largo rato, atónita. Elisa ya estaba lejos de ella —ligero ahora el paso en la cuesta abajo— cuando corrió a su encuentro gritándole:

—¡Mamá! Aún no has contestado a mi pregunta: ¿crees que Stavros se parece a Michael?

La madre se detuvo y la contempló seria, con un amor infinito en los ojos dorados.

—Quizá fuera por lo mucho que lo quería, pero siempre pensé que Michael iba a envejecer bien. Que algún día tendría que importarle de verdad una mujer. Que aprendería a querer... Pero Michael está muerto. No pienses más en él, Emma. Disfruta de lo que tienes.

Siguió caminando. Emma miró hacia abajo, hacia la casa allá abajo, con su hermoso tejado a dos aguas —relucientes aún de la lluvia las tejas rojas— y la chimenea humeante y el ancho corredor de madera en el que Michael y ella solían sentarse sobre unos cojines, hablando de cualquier cosa y espiando los cantos de los pájaros. Miró hacia la casa, en cuyo interior, junto al piano que Michael solía tocar, un hombre esperaba conocer su identidad.

Michael estaba muerto. No debía pensar más en él. Sólo disfrutar de lo que tenía.

Amar a aquel hombre, fuese quien fuese, tal vez sólo su sueño, una sombra, lo inexplicable. El deseo es inexplicable. Los dos habían descendido a los infiernos en pos de su deseo, y los dioses les habían otorgado una oportunidad. Ya no debían mirar atrás.

Una piedra rodó por la colina y vino a pararse junto a sus pies, perfectamente esférica y húmeda. Ella sonrió.

*8 de marzo*

Aquella noche el cometa brilló hasta el amanecer, hacia el noroeste, con su larga cola de hielos y gases estelares perdiéndose sobre los bosques negros y el gran río. Ellos apenas llegaron a darse cuenta. Tal vez lo vieran desde el coche, en el camino del aeropuerto a la Prinz Eugen-Straße, la estrella maravillosa del mes de marzo dibujándose como la ilustración de un cuento de niños por encima de los tejados de Viena. Pero, a decir verdad, sus ojos no acertaban a mirar nada que estuviese más allá del cuerpo del otro, el cuerpo tan deseado desde hacía semanas —aunque tal vez desde hacía años y acaso, quién puede saberlo, siglos—, el cuerpo que ella y él habían imaginado tanto y que ahora, en seguida, en cuanto llegasen a casa de Emma, tocarían, lamerían, amarían, el cuerpo del que gozarían al fin arañándolo y mordiéndolo y sorbiéndoselo al otro, dejando que se derritiese el suyo propio, la carne endurecida por el deseo tantas veces aplazado.

La estrella maravillosa del mes de marzo brilló en el cielo como el presagio de toda la fortuna, pero ellos apenas la entrevieron por las ventanillas del coche, mientras sus manos se entregaban ya a su propia fortuna, la de amar al otro, la dicha inolvidable para el resto de los tiempos de amar al otro tan deseado, así sea que acabes en el cielo o en el infierno. Aunque tal vez sólo en la nada.

*9 de marzo*

Cuando Emma se despertó por la mañana, Stavros —si es que aquel hombre era Stavros— ya no estaba.

En el lugar que había ocupado sólo quedaba el vacío.

El irremediable vacío de la ausencia.

# ÍNDICE

Impreso en Brosmac, S. L.
Crta. de Villaviciosa-Móstoles, Km. 1
28670 Villaviciosa de Odón